生命的測量

Levels of Life

朱利安·拔恩斯 Julian Barnes——著
顏湘如——譯

媒體讚譽

不可思議……此書似乎化不可能為可能：以筆墨重現活在世上的感覺。

——《衛報》

毫無約束、感人至深的著作，赤裸而坦率……凡是愛過並因失去而痛過的人，又或只是痛過的人，都應該讀，還要一讀再讀。

——《獨立報》

閱讀此書是一種殊榮。寫出此書令人驚異。

——《倫敦時報》

《生命的測量》是技藝精湛的工藝品，也是引領我們前往失落之地的一部蒼涼導覽。

——《星期日時報》

讀來震撼人心……既充滿智慧、趣味又令人心碎……愛與悲傷的精采篇章。

——《紐約時報書評》

文采動人又極度扣人心弦……拔恩斯對內心傷痛的自述，承載著強大無比的動力，僅僅讀了幾頁，就宛如飄浮於空中。

——《波士頓環球報》

一部上乘之作……與其說是悲傷的回憶錄，不如說是對喪親的深思。簡短俐落、收放有度，又感人至深。

——《紐約書評》

本書思考傷痛的意義，也探討愛如鍊金術般的力量。

——《歐普拉雜誌》

本書別具匠心，赤裸裸地呈現悲傷的樣貌……拔恩斯書寫起來從容優雅，不像許多回憶錄那般落入多愁善感的窠臼。

——《赫芬頓郵報》

目錄

導讀

那些生命中我們不善於面對的

文◎郭強生（作家・東華大學英美語文學系教授）

朱利安・拔恩斯是享譽英語文壇的名家，曾三度入圍布克獎，終於第四度以《回憶的餘燼》（*The Sense of an Ending*）奪冠，據說當年評審團只用了三十分鐘就無異議決定，將當年已更名為「曼布克獎」的榮譽頒給了拔恩斯這本「薄薄的」小說。

拔恩斯在一九八〇年代以充滿後現代風的小說崛起文壇，國內中譯本已絕版的布克獎入圍之作《福婁拜的鸚鵡》（*Flaubert's Parrot*）最可作為這時期的代表。

據說大文豪福婁拜在書寫他經典之作《簡單的心》時，為了細節描繪更栩栩如生，案頭果真放了一隻鸚鵡時時觀察。拔恩斯以此為發想，描寫一位退休醫生竟然發現不止一間博物館宣稱當年那隻鸚鵡已做成標本成為館藏。接下來主人翁從尋找鸚鵡身世轉而揭開了不同版本的福婁拜生平。

這本小說的敘事虛實夾雜，三條主線彼此對照呼應。一方面我們看到的是文學史上功成名就的福婁拜，另一方面我們也驚訝發現，文豪一生被病痛折磨，飽受無愛喪親之痛，也曾潦倒挫敗……等等這些不為人知的一面。小說中第三條線則是福婁拜本人的手札書信。拔恩斯利用反傳統的敘事法向讀者提問：要如何認識真正的福婁拜？他的一生究竟是快樂還是悲傷的？甚至，凡人如你我，又如何體認自己的人生是成功的還是失敗的？

拔恩斯的作品總是充滿著深思熟慮，觀察敏銳，文字簡潔準確，但探索的主題卻經常帶著憂鬱的哲學式命題。讓他獲得曼布克獎的《回憶的餘燼》，看似回歸了比較寫實的敘事，但對人生的偶然與巧合，記憶的不準確與感情的不可測，仍是充滿了他一貫的主題層疊交錯。

故事描述一退休老翁突然接到一封律師通知，他大學時期的女友母親，三十多年前曾短暫有過一面之緣，卻在遺囑中留給他一份意外的遺物，是他自殺過世的高中死黨的日記。高中死黨後來曾一度與他的前女友交往，讓主人翁非常妒恨，也因此兩人斷了聯絡。但這本日記為何會又出現？經過歲月的洗禮，我們真能說得出哪些記憶真正改變了我們的人生？哪些記憶其實是為了趨吉避凶而被改寫？

這本《回憶的餘燼》以短短的篇幅，卻承載了異常沉重深刻的主題，冷靜優美的文字如滴水穿石般沁入讀者心扉，感人力道還遠勝許多洋洋灑灑數十萬字的小說，是小說形式的完美展現，更是拔恩斯晚年後的另一個藝術高峰。

●

在介紹拔恩斯新作《生命的測量》之前，先回顧了《福婁拜的鸚鵡》與《回憶的餘燼》，目的就是讓讀者認識拔恩斯是個什麼樣的作家。

不同於許多作家的文字充滿了賣弄與表演性，喜歡語不驚人死不休，拔恩斯的作品總是節制而意在言外，用文學創作對人生扣問，卻從不顯得耽溺或自我重覆。而且，他總是能夠發揮了文學最純粹的力量，並不張牙舞爪先設定了議題，而是藉著文字的迂迴交疊折射，呈現出生命種種更幽微的面向。

《生命的測量》的英文書名Levels of Life，生命中的層層疊疊，似乎就是他小說作品的最佳形容。然而，這回他寫的不是小說，而是他親身經歷的悲慟，關於結縭三十年的愛妻無預警離世的無盡哀傷。

曾經，閱讀《回憶的餘燼》對我是一次救贖，拔恩斯測量回憶的書寫引導我，讓我對自己的生命有了另一種回顧的眼光，體會到悲傷是一種出口，經過真正面對悲傷才能與自己和解。然而，儘管當時我對拔恩斯何其準確的文字感到驚異，我並不知道這本二〇一一年的作品，其實是寫在他二〇〇八年喪妻之後。

直到讀到這本《生命的測量》，我才了解拔恩斯為何會寫出《回憶的餘燼》，又為何等待了七年，他才終於在作品中首度直接面對了老年喪偶的悲慟。

因為拔恩斯是個思考型的作家，他必須與自己和解，與死亡和解。雖然這份傷慟對他而言永遠不會消失，但是他卻因為這份傷慟讓他重新看見生命的面貌，甚至是，文學的療癒力量。

●

將兩個從未結合過的事物結合在一起。世界就此改變。當下或許無人發現，但無所謂。世界終究是改變了。

就從這幾句話開始，拔恩斯拉開了一個以高度為座標的生命圖像。就如同《福婁拜的鸚鵡》的拼貼方式，三段故事分別以天空、水平面、地底為隱喻，一段是半紀錄式的報導文學，一段是以真人為本的虛構，一段是作者自傳性散文。

第一章「高度之罪」，上場的都是十九世紀的真實人物，皇家騎兵隊的伯納比上校、知名女演員莎拉・伯恩哈特、以及發明高空攝影技術的納達爾，熱中於熱氣球升空飛行是三人的共同點。飛行是人類的夢想，高度某種程度滿足了人類對自由冒險的本能渴望。熱氣球、飛行、攝影、還有納達爾與久病的妻子攜手五十五個年頭，這些事情有何關聯？讀者必須耐心玩味拔恩斯所安排的這些線索，一步步體會拔恩斯對悲傷的深刻認知。

第一章結束在高空攝影發展的極致，那就是從外太空拍到了地球的面貌。一九六八年阿波羅八號負責駕駛登月小艇的安德斯少將事後回憶：「相較於粗糙至極、凹凸不平、破敗，甚至於無趣的月球表面，我們的地球多采多姿、美麗又細緻。我想每個人都驚覺到我們越過二十四萬哩路來看月球，但其實值得看的是地球。」

人類尋尋覓覓，挑戰實驗創新，以突破高度作為追尋夢想的指標，真正換得了幸福快樂嗎？

於是拔恩斯帶著我們從高空回到地面。

第二章「平平實實」（On the Level），也可做「在地面」、或「同一高度」解。拔恩斯虛構了伯納比上校與女演員莎拉．伯恩哈特之間一段無疾而終卻讓伯納比刻骨銘心的愛情。熱戀也像登上熱氣球高飛，也同樣是「將兩個從未結合過的事物結合在一起」，但就像熱氣球有墜地意外的危險，愛情也同樣隱藏著悲劇的可能。女演員宣稱自己不相信婚姻，不願回到地面與上校「同一高度」，但後來卻閃電下嫁他人，空留遺憾的伯納比則在一次戰役中被敵人以長矛穿頸而亡。

所有的愛情，到頭來都是悲傷的故事。

從報導文學、虛構小說、轉進第三章「深度的迷失」（The Loss of Depth），拔恩斯開始娓娓道來他的喪妻之慟。

與他牽手三十年的愛妻，從診斷到死亡只有三十七天，我們才明瞭拔恩斯多麼羨慕在第一章出現的納達爾，與妻子廝守五十五年，並因愛妻久病有八年的時間隱居相伴，納達爾能有溫柔照顧侍病的機會。

從痛不欲生曾一度計畫自我了斷（後來自殺成為《回憶的餘燼》中重要的情節），到接受你愛一個人有多深有多長，失去對方後的悲傷也同樣深同樣長，拔恩斯如手握手術刀般，一層層剖切進傷慟的更底層。

人生至此，從年輕的好高騖遠，到有幸與某人一路同行，到其中一位葬身六呎之下，這是人生的階段，也是對生命三種不同層次的體會。在悲傷中，我們也隨著記憶下沉，沉到記憶底處，直到以前快樂時光的攝影留念，「似乎變得比較不像原版，比較不像生活本身的照片，而像是照片的照片。」

如果攝影都是不精確的，那麼「我」又該如何記憶？拔恩斯或許已經提供了答案：在文字裡。

他最終記得的，不光是自己的故事，而是幫我們每一個人記住了愛與痛苦、升空與墜地、哀悼與孤獨。他寫下了那些生命中我們不善面對的，並且讓失去變成另一種生命的測量刻度。

將兩個從未結合過的事物結合在一起。世界就此改變。當下或許無人發現，但無所謂。世界終究是改變了。

相信每位讀者在掩卷時，一定會對這幾句話低迴沉思良久。

讀者與這本書，也是兩個從未結合過的事物在這當下結合了在一起。
靜靜地，一切都將改變了。

獻給派特（Pat）

第一章

高度之罪

The Sin of Height

飛行員——無須使用法術——便能夠造訪上帝的空間，進而開拓殖民地。

在這麼做的同時，他發現了一種不難理解的平和。高度涉及道德，高度涉及心靈。

將兩樣從未結合過的事物結合在一起，世界就此改變。當下或許無人發現，但無所謂。世界終究是改變了。

皇家騎兵衛隊的弗瑞德·伯納比上校[1]也是航空協會的一員。一八八二年三月二十三日，他自多佛煤氣廠升空，降落在諾曼第的迪耶普與納沙泰爾兩地之間。

四年前，莎拉·伯恩哈特[2]自巴黎中心升空，降落在塞納—馬恩省的埃梅蘭維爾附近。

1 弗瑞德·伯納比上校（Fred Burnaby），英國陸軍情報軍官。
2 莎拉·伯恩哈特（Sarah Bernhardt），十九世紀末、二十世紀初知名法國女演員。

一八六三年十月十八日，菲利克斯・杜納雄[3]自巴黎的戰神廣場升空，被強風往東吹了十七小時後，迫降在漢諾威附近的一條鐵道旁。

伯納比搭乘名為「日蝕號」的紅黃色氣球，獨自飛行。氣球吊籃長一米半，寬、高各約一米。伯納比體重十七英石（約一〇八公斤），穿了一件條紋外套，戴著一頂緊貼的無邊帽，並將手巾圍在脖子上防日曬。他帶了兩份牛肉三明治、一瓶愛寶琳娜礦泉水、一只測量高度用的氣壓計、一只溫度計、羅盤與一批雪茄。

伯恩哈特與她的畫家情人喬治・克萊漢[4]以及一名專業飛行員，搭乘名為「莎爾小姐號」的橘色氣球飛行，此名來自她當時在法蘭西喜劇院演出的角色[5]。傍晚六點半，飛行一個小時後，女演員扮起母親，著手準備肝醬麵包片。飛行員開了一瓶香檳，將瓶塞朝天空發射，伯恩哈特以高腳銀杯飲酒。接著他們吃了柳橙，並將空酒瓶拋入文森森林的湖中。倏然間高高在上的他們，喜孜孜地將壓艙物丟向下方人群：先是登上巴士底廣場七月柱頂露台觀光的一個英國家庭，稍後是一群正在郊外參加野餐婚宴的賓客。

杜納雄則是與八名同伴搭乘他自己吹噓想像出來的浮空器航行。他說：「我要製造一個超級巨大的氣球——一個終極的氣球——比最大的還要大上二十倍。」他稱之為「巨人號」，在一八六三至一八六七年間共飛行了五次。參與這趟第二次飛行的乘客包括杜納雄的妻子厄妮絲汀、著名的飛行兄弟檔路易．戈達與朱爾．

---

3 菲利克斯．杜納雄（Félix Tournachon），又名「納達爾」（Nadar），法國攝影家、小說家、記者、熱氣球飛行研究者。

4 喬治．克萊漢（Georges Clairin），法國東方派畫家。

5 莎爾小姐（Doña Sol）是雨果劇作《艾那尼》（Hernani）的女主角。

戈達，以及氣球飛行先驅孟格菲家族[6]的一位後人。報導中並未提及他們攜帶哪些食物。

這些人是當代的氣球飛行階級：有充滿熱忱的英國業餘人士，樂於被嘲弄為「氣球狂」，凡是能飛上天的東西，都打算爬進去；有名冠一時的女演員，作了一趟名人飛行；也有專業的氣球飛行人士將「巨人號」升空當成商業活動。它第一次升空時，搭載十三名乘客，每人各付一千法郎，並吸引了二十萬名觀眾；這個氣球的吊籃外形有如兩層樓高的柳條小屋，裡面有一間餐飲室，有床、盥洗室、拍照區，甚至有一間沖印室，可以立即做出紀念相冊。

戈達兄弟無所不在。他們設計打造了「巨人號」，並在前兩次飛行後，將氣球送到倫敦的水晶宮展示。之後不久，他們的另一位兄弟尤金．戈達[7]帶來一個更大的熱氣球，兩度在克里蒙公園升空。該氣球的立方容量是「巨人號」的兩倍，但是燒乾草的火爐加上煙囪，重量卻只有四百四十五公斤。第一趟的倫敦之行中，尤金答應讓一名英國人同行，並收取五英鎊費用。此人便是伯納比。

這些搭乘氣球飛行的人士都恰如其分地反映出一般人對其民族性的刻板印象。在英吉利海峽上空停滯不動的伯納比，「毫不在意外洩的氣體」，仍點燃雪茄以助思考。當兩艘法國漁船上的人打手勢示意他降落水上接受救援，他卻「丟下一份《倫敦時報》教化他們」，似乎在暗示：一個受過正規訓練的英國軍官完全可以自

6 孟格菲（Montgolfier）家族，十八世紀末法國造紙商、發明家，曾至凡爾賽宮在路易十六面前進行升空實驗。為熱氣球飛行先驅。

7 尤金．戈達（Eugène Godard）知名法國航空學家，前文的路易．戈達（Louis Godard）與朱爾．戈達（Jules Godard）為其兄弟。

行脫困，多謝了，老法。莎拉坦承自己天生就受到氣球飛行活動的吸引，因為「我愛作夢的天性經常把我送到更高的地方去」。這趟短暫的飛行過程，為求方便，只為她準備一張簡單的草墊椅。在發表這趟歷險記時，莎拉突發奇想，決定以椅子的觀點來敘述。

氣球飛行員會從天而降，尋找平坦的降落地點，拉扯氣閥繩，拋出鉤錨，接著往往會往空中倒彈十二至十五公尺後，錨爪才會固定住。這時當地民眾會奔上前來。伯納比降落在蒙蒂尼城堡附近時，有個好奇的鄉下人把頭伸進已半扁的球囊裡，險些窒息。當地人紛紛自動幫忙將氣球壓扁摺起，伯納比發現這些貧窮的法國勞工比英國勞工和善有禮得多。他賞給他們一枚半鎊金幣（約值十先令），並賣弄地詳述他離開多佛時的兌換匯率。有一位熱情好客的農夫巴泰勒米．德朗雷先生，邀請這位飛行員到家裡過夜。首先登場的是德朗雷太太的晚餐：洋蔥煎蛋捲、栗子炒鴿肉、蔬菜、納沙泰爾乾酪、蘋果酒、一瓶波爾多紅酒和咖啡。用餐過後，村裡的大夫來了，屠夫也帶來一瓶香檳。伯納比在火爐邊點起雪茄，思忖著「氣球降落在諾曼第絕對比降落在艾塞克斯來得好」。

在埃梅蘭維爾附近，在降落中的氣球後面追著跑的村民發現上面有個女人，驚嘆不已。莎拉已經習慣在群眾面前登場，但她何曾見識過更盛大的場面？她當然被認出來了。這群村民正好以他們自己的一齣戲，作為餘興節目招待她。那是最近才在當地發生的一起毛骨悚然命案故事，地點就在她（傾聽與講述時）坐的椅子的位置。不久，開始下起雨來，以纖瘦著稱的女演員開玩笑說自己這麼瘦不會淋溼，只要鑽進雨縫間就好了。接著，在照例發放小費後，氣球與飛行人士才在村民護送下來到埃梅蘭維爾車站，及時趕上回巴黎的最後一班列車。

他們都知道會有危險。伯納比起飛後不久，便差點撞上煤氣廠的煙囪。「莎爾小姐號」在降落前不久，差點落入一片樹林。「巨人號」墜落在鐵道附近時，經驗豐富的戈達兄弟在最後撞擊前，謹慎地跳出吊籃，杜納雄摔斷一條腿，他的妻子則是頸部與胸部都受傷。充氣氣球有可能爆炸，而熱氣球有可能起火，這也不令人意外。每次的起飛與降落都是驚險萬狀。體積較大也不一定比較安全，那只意味著氣球更容易受風擺布——「巨人號」即是例證。早期飛越海峽的飛行員經常會穿上軟木救生衣，以防落水。當時並沒有降落傘。一七八六年八月，仍值氣球飛行初期，新堡有個年輕人從數十米高處墜落身亡。他是負責固定繫留繩的人員之一，當時忽然颳起一陣強風吹動球囊，其他同伴都鬆了手，他卻仍緊抓未放而被氣球往上帶，隨後摔落地面。一位現代歷史學家如此寫道：「衝擊力道之大，使得他雙腿沒入花床深及膝蓋，體內臟器碎裂，迸散於地。」

這些飛行員可說是新一代的「亞果號英雄」[8]，他們的冒險過程立刻被記錄下來。一趟氣球飛行不僅連結了城鎮與鄉村，也連結英國與法國、法國與德國。氣球的降落令人歡欣鼓舞，一顆氣球帶來的並非禍害。在諾曼第，德朗雷先生家的爐火邊，村中大夫舉杯敬祝四海一家，伯納比與這群新朋友一一乾杯。此時，身為英國人的他趁機向他們解釋君主政體何以優於共和政體。不過，大英航空協會的理事長是阿蓋爾公爵閣下，三位副理事長分別是索色蘭公爵閣下、達夫林伯爵閣下，與下議院議員理查・葛羅夫納爵士閣下。而法國的航空協會由杜納雄創立，成員則較多平民與知識分子。法國的貴族多為作家與藝術家，如：喬治・桑[9]、大仲馬、

8 希臘神話故事中，隨同傑森（Jason）一起搭乘「亞果號」（Argo）前往尋找金羊毛的眾英雄。
9 喬治・桑（George Sand），阿曼蒂娜・露西・奧蘿・杜班（Amantine-Lucile-Aurore Dupin）的筆名，法國小說家、劇作家兼文學評論家。

小仲馬[10]、奧芬巴哈[11]。

乘氣球飛行象徵自由，但卻是一種屈從於風與氣候等力量的自由。飛行員往往無法分辨自己是移動或靜止、上升或下降。早期，他們會拋出一把羽毛，倘若羽毛往上飛就表示氣球下降，往下飄就表示氣球上升。到了伯納比時期，這項技術已進步到使用撕碎的報紙細條。至於水平行進的測試，伯納比自行發明了一種計速器，就是把一個紙做的小降落傘綁在四十五米長的絲線上。他將小紙傘拋出籃外，計算絲線用完所需的時間，如需七秒鐘，即可換算出氣球時速十九公里。

在飛行的第一個世紀裡，許多人為了掌控這個吊了籃子又不受控的球囊，做出各種嘗試。有人試過舵與槳，利用踏板與輪子來轉動螺旋槳葉，每一種嘗試都略有差異。伯納比認為關鍵在於形狀：以機器驅動的管狀或雪茄狀浮空器才是成功之道——最後證明確實如此。但無論是英國人或法國人、保守派或革新派，眾人一致同意：飛行的未來就寄託在重於空氣的機器上。雖然杜納雄的名字總是和氣球飛行相連，他其實也創立了「重於空氣機械空中運行促進會」，該協會第一任祕書便是儒勒．凡爾納[12]。同樣熱中於此道的雨果則說，氣球有如一朵美麗的浮雲——而人類需要的卻是相當於鳥類那種對抗地心引力的奇蹟。在法國，飛行通常是社會進步派人士注重的大事。杜納雄寫道，現代化的三大象徵為「攝影、電與航空術」。

最初，鳥兒會飛，是上帝創造了鳥。天使會飛，是上帝創造了天使。男人與女人有長長的腿與空無翅膀的背，上帝如此創造自有其用意。打飛行的主意就是和上

10 大仲馬（Alexandre Dumas père）與小仲馬（Alexandre Dumas fils），法國父子檔作家，父親著有《基度山恩仇記》與《三劍客》，兒子著有《茶花女》等。

11 奧芬巴哈（Jacques Offenbach），法國作曲家，代表作為歌劇《霍夫曼的故事》。

12 儒勒．凡爾納（Jules Verne），法國小說家，有「科幻小說之父」之稱。

帝過不去，勢必要歷經一段漫長的奮鬥，留下種種具啟發性的傳說。

大能者西門即是一例。倫敦國家美術館收藏了班諾佐．哥佐里[13]的一幅祭壇畫，歷經數百年，其下緣部分已破碎散失。畫中有一部分描繪的是聖彼得、大能者西門與羅馬皇帝尼祿的故事。西門是個術士，受寵於尼祿，為了能繼續得寵，便想證明自己的力量大過使徒彼得與保羅。這幅小畫作敘述的故事分為三個部分。背景有一座木製高台，大能者西門正在台上展示他的最新法術：人體飛天。這位羅馬飛行者完成了垂直升空之舉，只見他朝天飛去，只剩下半身綠袍，其餘部分被畫的上緣截斷了。然而，西門使用的祕密火箭燃料並不合法，因為他無論身心，都仰賴魔鬼的支持。中景顯示的是聖彼得正在向上帝祈禱，祈求祂剝奪魔鬼的力量。無論是神學或飛行方面，上帝介入的結果皆在畫中前景獲得證實：一個迫降墜亡的術士，鮮血從他口中汨汨流出。高度之罪受到了懲罰。

伊卡洛斯[14]與太陽神過不去：這也不是明智之舉。

有史以來第一個乘氫氣球升空的人是物理學家夏爾博士[15]，時間是一七八三年十二月一日。他表示：「感覺到自己逃離地球時，我的反應不是喜悅，而是**幸福**。」他又補充道：「那是一種道德情感，可以說是**聽見自己活著**。」大多數飛行員都有類似的感覺，即便是強調自己難得情緒高漲的伯納比也不例外。當他置身於英吉利海峽上空，看著往返於多佛與加萊之間船班冒出的蒸氣，再想到最近建造海底隧道那個愚蠢又可恨的計畫，瞬間心有所感而萌生出道德情感：

---

13 班諾佐．哥佐里（Benozzo Gozzoli），文藝復興時期義大利佛羅倫斯畫家。

14 伊卡洛斯（Icarus），希臘神話人物，利用父親以蠟製造的雙翼逃離克里特島，但因飛得太高，蠟翼被太陽融化，因而落海喪生。

15 夏爾博士（J. A. C. Charles），法國發明家、熱氣球飛行研究者。

這裡的空氣輕薄，呼吸起來清新宜人，已經脫離了讓地球外圍氣層負擔沉重的污染。我精神為之大振。能夠暫時置身於一個沒有書信、鄰近沒有郵局、沒有煩惱，尤其是沒有電報的區域，真是愉快。

在「莎爾小姐號」上，「天仙莎拉」如在天堂。她發現在雲端之上的「不是寂靜，而是寂靜的影子」。她覺得氣球是「最大自由的象徵」——在大多數地面群眾眼中，女星本身也是如此。根據杜納雄的描述，「這是個寂靜、浩瀚、充滿熱情與善心的空間，任何人類的力量或惡魔的力量都無法企及，他覺得自己彷彿第一次有了生命」。在這個寂靜的道德空間裡，這名飛行員體驗到身與心的健康。高度「依相對比例壓縮了萬物，將萬物壓縮成真理」。憂慮、懊悔、厭惡都形同陌路：「冷漠、輕蔑、疏忽竟如此輕易地倏然遠去……寬恕隨之降臨。」

飛行員——無須使用法術——便能夠造訪上帝的空間，進而開拓殖民地。在這麼做的同時，他發現了一種不難理解的平和。高度涉及道德，高度涉及心靈。在某些人看來，高度甚至涉及政治，譬如雨果的想法就很直接明瞭：利用重於空氣的機器飛行將會造就民主。當「巨人號」墜毀於漢諾威附近，雨果提議公開募資。杜納雄出於傲氣拒絕了，於是這位詩人改以公開信讚揚航空術。他敘述有一回與天文學家弗朗索瓦．阿拉戈[16]走在巴黎的天文台大道，正好有一個從戰神廣場起飛的氣球從頭上飛過。當時雨果對同伴說：「那裡飄浮著一顆蛋在等待鳥兒，可是鳥兒還在蛋裡，即將孵化。」阿拉戈牽起雨果的手，充滿熱忱地回答：「到了那天，地球將以民主為名！」雨果為他這句「深刻的評論」背書道：「『地球將屬於人民。』全世界都會變得民主……人會變成鳥——多麼了不起的鳥啊！會思考的鳥。有靈

16　弗朗索瓦．阿拉戈（François Arago），法國十九世紀天文學家，曾任法國總理。

魂的！」

這話聽起來是誇大其詞了。航空術並未導致民主，除非將廉價航空考慮在內。不過航空術洗清了高度之罪，或者亦可稱為「俯視自我的自大之罪」。如今誰有權利從高處俯視，掌控對世界的描述？現在也該進一步聚焦檢視杜納雄了。

杜納雄一八二〇年出生，一九一〇年去世。他又高又瘦，像根竹竿，有一頭濃密紅髮，天性熱情急躁。波特萊爾說他「展現了驚人的生命力」；單靠他爆發的能量與火焰般的頭髮，似乎便足以讓氣球升空。他從未因理智而受到譴責。詩人傑哈·德·涅瓦[17]向雜誌編輯阿豐斯·卡爾[18]介紹他時，說道：「他非常機靈，也非常愚蠢。」較後期的一名編輯也是他的摯友夏爾·菲利彭[19]，則稱他是個「機智過人卻毫無一絲理性的人……他的人生雜亂無章，從前如此，現在仍如此，將來也永遠都如此。」他是那種直到婚前都與寡母同住的波希米亞人，也是那種可能同時不忠又愛妻的丈夫。

他是記者、漫畫家、攝影師、氣球飛行員、創業家兼發明家，他是精明的專利註冊者兼公司創辦人，他是個自我推銷從不懈怠的人，到了老年還是個多產作家，寫了許多不可靠的回憶錄。信奉進步主義的他卻痛恨拿破崙三世，當皇帝來到現場觀看「巨人號」升空，他還坐在馬車裡生氣。身為攝影師，他拒絕上流社會的顧客，寧可拍攝自己活動的圈子留作紀念，想當然耳，他為莎拉拍攝過幾次。他是法國第一個成立的動物保護協會中十分活躍的成員。他經常對警察發出粗魯無禮的聲音，對監獄也很不以為然（他曾一度因欠債被判入獄）：他認為陪審團該問的不是

17 傑哈・德・涅瓦（Gérard de Nerval），法國十九世紀詩人、翻譯家。
18 尚—巴提斯・阿豐斯・卡爾（Jean-Baptist Alphonse Karr），法國評論家、記者兼小說家。
19 夏爾・菲利彭（Charles Philipon），法國漫畫家兼記者。

「他有沒有罪？」而是「他危不危險？」他會舉辦大型派對，隨時歡迎訪客上門；他將位於嘉布遺大道上的工作室，提供作為一八七四年第一屆印象派畫展的場地。他打算發明一種新式火藥。他還夢想創造一種有聲電影，他稱之為「聽覺銀版攝影術」。在金錢方面，他無藥可救。

他那略帶剛毅的里昂姓氏並不廣為人知。在他放蕩不羈的年少時期，朋友們總愛改名，譬如將姓氏字尾改為或加上「達爾」二字。於是他先改名為杜納達爾，後來才簡化為納達爾。他以納達爾之名寫作、畫漫畫與攝影；他以納達爾之名，在一八五五年至一八七〇年間，成為前所未見的優秀人像攝影師。一八五八年秋天，他也是以此名將兩樣從未結合過的事物結合在一起。

攝影如同爵士樂，是一種突然之間就迅速達到技術顛峰的現代藝術。一旦得以脫離工作室範圍，輕易便能橫向擴展得既遠且廣。一八五一年，法國政府成立一項「日光任務」，派出五名攝影師到全國各地，拍攝記錄屬於國家遺產的建築物（與廢墟遺址）。早兩年，第一個拍攝獅身人面像與金字塔的正是一名法國人。但是比起橫向平面，納達爾對於垂直面，對於高度與深度的興趣更大。他的人像之所以能超越同時期的攝影師，便是因為作品較有深度。他說攝影理論一個小時就能學會，學會攝影技巧也只需要一天，但無法傳授的是對於光的感受，以及如何掌握被拍攝者的道德智慧與「攝影術的心理層面」——「在我聽來，攝影術這個字眼並未展現太強烈的企圖心」。他喋喋不休以便讓被拍攝者放鬆心情，同時搭配燈、屏風、薄紗、鏡子與反射板。詩人戴奧多．德．班維爾[20]稱他為「一個追捕獵物的小說家兼漫畫家」。正是這位小說家拍了這些心理人像，並斷言在所有被拍攝者當中以演員

---

20 戴奧多．德．班維爾（Théodore de Banville），十九世紀法國詩人，善寫名人軼事小品文。

最自負，而軍人也不遑多讓。也是這位小說家發現兩性之間一個關鍵差異：一對同時拍照的夫妻回來看樣片時，妻子總會先看丈夫的相片——而丈夫也是一樣。納達爾以此斷言，正因為這種自戀的人性，當多數人終於看見自己的真實樣貌，都難免失望。

道德與心理的深度，還有實體的深度。納達爾是第一個拍攝巴黎下水道的人，總共拍了二十三張照片。此外他還深入巴黎地下墓穴，這裡是有如下水道般的納骨室，一七八〇年代清理公墓後的骨骸便堆疊於此。在這裡，他需要十八分鐘的曝光時間。拍攝死者，當然不成問題，但為了仿效活人，納達爾給假人穿著打扮，讓他們扮演各種角色：警衛、堆骨人、拉著一車頭骨與腿骨的苦力。

接著剩下高度。納達爾所結合的兩件從未結合過的事物，正是他所謂現代化三大象徵中的兩項：攝影與航空術。

首先，須得在氣球吊籃內打造一間以黑色與橘色雙層布幕隔開的暗房，裡面只有一絲若隱若現的燈光。新式的溼版攝影技術就是在玻璃片塗上火棉膠，然後浸入硝酸銀溶液中形成感光層。但這過程很繁瑣，需要靈巧熟練的處理手法，因此納達爾找了一名負責準備感光板的人同行。納達爾用的是Dallmeyer相機，並加裝一個由他取得專利的特殊橫走式快門。一八五八年一個近乎無風的秋日，在巴黎東南的小比賽特附近，他二人乘著繫留氣球升空，拍下了全世界第一張空拍照。他們落地後回到充當總部的當地旅館，興奮地進行顯影處理。

結果什麼也沒有。或者應該說除了一片模糊不清的炭黑，沒有絲毫影像的痕跡。他們再試一次，還是失敗，又試了第三次，又再次失敗。他們懷疑顯影溶液中可能有雜質，便一再過濾，仍不見成效。他們換掉所有的化學藥劑，還是沒有改善。時間一天天過去，冬天即將來臨，這項偉大的實驗仍未能成功。據納達爾在回憶錄中所述，後來有一天他坐在蘋果樹下（與牛頓類似的經歷，或許巧合得令人難以置信），忽然就想通了問題的癥結所在。「一再失敗的原因在於氣球上升時，頸口始終敞開，使得氫硫酸氣體流入我的銀液中。」因此下一次，當氣球一到達適當高度，他便關閉氣閥——此舉本身十分危險，可能導致浮空器爆炸。讓準備好的感光板曝光後，回到旅館的納達爾終於有了一個模糊但依稀可辨的影像作為回報，那是繫留氣球下方的三棟建築：農舍、旅館與憲兵隊。農舍屋頂上可見兩隻白鴿，小徑上停了一輛馬貨車，坐在上頭的人正好奇地看著這個飄浮在空中的奇妙玩意。

這第一張照片並未留存下來，只留在納達爾的記憶與我們根據他記憶所想像的畫面中，而他接下來十年內拍的其他照片也都沒有留下。如今他的航空實驗僅存的影像都是一八六八年拍攝的。一張是通往凱旋門的街道的多鏡景象，共分為八個部分；另一張則是隔著布隆涅森林大道（今日的福煦大道）望向岱納與蒙馬特兩區。

一八五八年十月二十三日，納達爾以「一項新的航空攝影系統」，理所當然地獲得三八五〇九號專利。但最後發現整個過程不僅技術困難也無利可圖，加上民眾反應冷淡，更令人灰心。他想像自己的「新系統」能有兩個實用的用途。首先，可以改變土地測量法：從氣球上可以一次繪製出面積一百萬平方米（即一百公畝）的地圖，而且一天下來可以做十次類似的觀察。其次，可做為軍隊偵察之用：氣球可以做為「行動教堂尖塔」。這個想法本身並非新創：一七九四年的弗勒呂斯戰役中，法國革命軍便使用過一個氣球，而拿破崙帶到埃及的遠征軍中，也有一支配備了四個氣球的浮空部隊（在阿布基爾灣被英國海軍名將霍雷肖・納爾遜殲滅了）。然而，多了攝影術，顯然能為任何能力不足的將軍增添優勢。但是第一個試圖利用這個可能性的人會是誰呢？只有遭厭恨的拿破崙三世了，一八五九年與奧地利開戰在即，他出了五萬法郎請納達爾出手相助，這位攝影師卻予以婉拒。至於將這項專利運用於非戰時，納達爾一位「赫赫有名的友人羅德瑟上校」信誓旦旦地說，在空中測量土地是「不可能」的事（但並未說明原因）。沮喪之餘，浮躁不已的納達爾又繼續前進，將航空攝影的領域留給提桑迪耶兄弟[21]、賈克・杜康[22]與他自己的兒子保羅・納達爾去探索。

他繼續前進。巴黎遭普魯士軍隊占領期間，他成立了軍用浮空器公司，提供與外界聯繫的管道。納達爾從蒙馬特的聖彼得廣場發送出「圍城氣球」——一個取名為「雨果號」，另一個取名為「喬治桑號」——氣球上載著信件、給法國政府的報告和幾名大膽的氣球飛行員。第一次飛行於一八七〇年九月二十三日出發，安全降落在諾曼第，氣球郵袋裡裝了一封納達爾寫給倫敦《時報》的信，五天後報社以法文原文完整刊出。在圍城期間，這項郵寄服務始終持續不歇，只是有些氣球遭普魯士士兵射落，而且一切都由風主宰。有一個最後飛到挪威的一處峽灣。

這位攝影師向來遠近馳名，雨果曾有一次寄信給他，信封上只寫了「納達爾」三個字，他還是收到信了。一八六二年，他的友人杜米埃[23]以漫畫形式將他畫入一張版畫，名為「納達爾將攝影提升至藝術高度」。畫中的他正在巴黎上空的氣球吊籃內，彎身對著相機，而巴黎市區的每棟房子都貼著「攝影」字樣的廣告。儘管藝術界對於「攝影」這種風風火火、野心勃勃的媒介，往往會提高警覺或有所畏懼，卻經常安心無虞地向航空術致敬。義大利畫家弗朗西斯科・瓜爾迪畫過一個氣球靜靜地飄浮在威尼斯上空；法國寫實派暨印象派大師馬內描繪了「巨人號」從巴黎傷兵院最後一次升空的情景（納達爾就坐在上面）。從西班牙的哥雅到「關稅員」盧

21 亞伯特・提桑迪耶（Albert Tissandier）與賈斯東・提桑迪耶（Gaston Tissandier），法國科學家兼飛行家，兩人合力展示了史上第一次電力飛行。
22 賈克・杜康（Jacques Ducom），法國科學與工業攝影師。
23 奧諾雷・杜米埃（Honoré Daumier），法國知名諷刺漫畫家、雕塑家兼版畫家。

梭[24]等畫家，都曾讓氣球一派祥和地飄浮在更為祥和的天空裡：此乃天空版田園畫。

不過，為氣球升空畫出最發人深省的單一影像的藝術家，其實是法國象徵主義畫家歐迪隆．荷東，而他卻有不同看法。荷東曾目睹「巨人號」飛行，也見過法國工程師亨利．紀法的「大繫留氣球」在一八六七年與一八七八年的巴黎博覽會上搶盡風頭。一八七八年，他畫出一幅炭筆素描名為「眼氣球」。乍看之下，似乎只是一種機巧的視覺雙關效果：圓形氣球與圓形眼球合而為一，變成一顆巨大球體盤桓在一片灰色景象上空。眼氣球的眼皮是張開的，睫毛形成頂蓋的一道邊飾。氣球下方懸掛著一只吊架，上面跨踞著一個猶似半圓的形體：一個人頭的上半部。但這幅畫像的氛圍既新穎又帶著不祥，完全遠離了氣球飛行的既定隱喻：自由、心靈昇華、人類的進步。荷東那隻永遠睜著的眼睛令人深感不安。天空裡的眼睛，上帝的監視器。而那顆笨重的人頭也很難不讓人斷言：殖民太空並未讓殖民者獲得淨化，唯一的結果只是將我們的罪行帶到新的地方去。

航空術與攝影都是具有實用民生效果的科學進展。不過在發展初期，兩者都圍繞著一種神祕魔幻的光環。那些瞪大雙眼、追著拖行在地的氣球錨繩跑的鄉巴佬，恐怕不只以為會看到天仙莎拉，還可能看到大能者西門從氣球上面下來。而攝影則似乎不只威脅到被拍攝者的自愛心。害怕被相機偷走靈魂的不只有居住在樹林裡的人。納達爾記得巴爾札克有一個關於自我的理論，主張一個人的本質是由接近無限多的一系列光譜層一一交疊而成。這位小說家甚至認為在「達蓋爾操作程序」[25]中，人的這種光譜會被奪走一層，保留在那神奇的工具裡。納達爾不記得這層光譜是永久喪失了，或者還可能恢復，總之他還是狂妄地暗示道，以巴爾札克的碩大身形看來，如果只移除幾層光譜，他比大多數人都更無須擔心。但這番理論（或是憂

24 亨利．盧梭（Henri Rousseau），法國畫家，早期在巴黎入市稅徵收處工作，直到近五十歲才專心作畫，因而有「關稅員」的稱號。

25 指法國發明家達蓋爾（Louis-Jacques-Mandé Daguerre）所發明的銀版攝影術。

懼）並非專屬於巴爾札克，他的作家朋友泰奧非爾・戈蒂耶和涅瓦也都有同感，納達爾便給他們起了個外號叫「猶太神祕學三人組」。

納達爾是個愛妻的人。他在一八五四年九月迎娶厄妮絲汀，這場突如其來的婚禮把朋友們都嚇一跳：新娘才十八歲，而且是來自諾曼第中產階級的新教徒。沒錯，她有嫁妝，而結婚也是讓納達爾逃避與母親共同生活的有效方法。但儘管他浪蕩不羈，婚姻關係卻似乎甜蜜而長久。納達爾與唯一的弟弟及唯一的兒子爭吵不休；關於這兩人的記述（無論是出於他人或他們自己之手）都與他的一生脫不了干係。厄妮絲汀始終陪伴在左右。倘若他的人生有模式可言，就是她提供的。「巨人號」在漢諾威附近墜落時，她和他在一起。她出錢幫他開設工作室，後來工作室也登記在她名下。

一八八七年，厄妮絲汀聽說巴黎喜歌劇院發生火災，以為兒子保羅在那裡，一急之下中風了。納達爾立刻舉家從巴黎搬到塞納爾森林，他在那裡有一棟房子叫「隱士居」。接下來八年他們都住在那裡。一八九三年，愛德蒙・德・龔固爾[26]在他的《日記》描述這對夫妻：

……位在正中央的是無法言語的納達爾太太，看起來像個白髮蒼蒼的老教授。她躺臥著，身上穿著一件粉紅絲質襯裡的天藍色睡袍。納達爾在她身旁扮演溫柔護士的角色，時而用那件顏色亮麗的睡袍將她全身裹緊，時而撥開她鬢邊的髮絲，並不時觸摸、輕撫她。

她睡袍的顏色是「bleu de ciel」，藍天的顏色，如今他們已不再飛翔其中，兩人

26 愛德蒙・德・龔固爾（Edmond de Goncourt），十九世紀法國小說家，龔固爾文學獎創始人。

都被困在地面了。一九〇九年，在結婚五十五年後，厄妮絲汀告別人世。同一年，路易．布萊里奧[27]飛越了英吉利海峽，納達爾對重於空氣飛行器的信賴終於獲得背書，這位氣球飛行家也打電報向飛行員布萊里奧道賀。布萊里奧飛上青天之際，厄妮絲汀步下了黃泉。布萊里奧飛行之際，納達爾失去了他的方向舵。不多久，他便也隨厄妮絲汀而去，一九一〇年三月，他在愛犬與愛貓環繞下與世長辭。

今日，鮮少有人記得一八五八年秋天，他在小比賽特的成就。當時存留下來的幾張空拍照，品質也只是尚可而已，我們必須發揮想像力才能重現當時的興奮。但這些照片象徵了世界成長的一刻。又或許這麼說太誇張，也太樂觀。也許世界的進步不在於成熟，而在於持續處於青少年狀態，持續抱著悸動的心去探索發現。無論如何，這畢竟是認知改變的一刻。遺留在某洞穴牆壁上的人類外觀、第一面鏡子、肖像畫的發展、攝影科學——這些進步都能讓我們更清楚地看到自己，看到自己更真實的一面。儘管小比賽特事件發生當時，世人大多渾然不覺，改變卻已無法逆轉。高度之罪已然贖清。

昔日，農民曾仰望神居住的蒼天，懼怕雷電、冰雹與神怒，祈求陽光、彩虹與神恩。如今，現代農民仰望蒼天，看見的卻是較不令人膽怯的人物降臨，有一邊口袋裝雪茄、另一邊裝著半鎊金幣的伯納比上校，有莎拉．伯恩哈特和她那張會寫自傳的椅子，還有納達爾乘著空中柳條屋而來，小屋裡還配備了餐飲室、盥洗室與攝影空間。

納達爾僅存的空拍照片攝於一八六八年。整整一百年後的一九六八年十二月，

27 路易．布萊里奧（Louis Blériot）法國發明家、工程師、飛行研究家，為首位駕飛行器飛越英吉利海峽者。

阿波羅八號任務小組升空前往月球。聖誕節前夕，太空船繞到了月球背面，進入月球軌道。當太空船繞出來，這群太空人成了第一批看到一幅奇特景象的人類，該景象還得創造新詞來形容，叫「地出」。登月小艇的駕駛威廉・安德斯使用特別改造的哈蘇相機，拍下三分之二個地球高掛在夜空中。他照片中的地球色澤飽滿美麗，有羽毛狀的雲暈、打旋的風暴系統、蔚藍的海水和紅褐色的大陸。安德斯少將事後回憶：

> 我想真正讓每個人的心好像揪起來一樣的，就是「地出」……當時我們就回望著自己的星球，回望著我們進化的地方。相較於粗糙至極、凹凸不平、破敗，甚至於無趣的月球表面，我們的地球多采多姿、美麗又細緻。我想每個人都驚覺到我們越過二十四萬哩路來看月球，但其實值得看的是地球。

當時，安德斯的照片既美麗又令人惶惶不安，至今依然如此。從遠方看著自己，主體瞬間變為客體，讓我們的心理遭受打擊。但首先將兩者結合在一起的卻是頭髮火紅的納達爾——即使只是從幾百公尺高處，即使只是黑白照片，即使只是幾張巴黎街景照。

第二章

平平實實

On the Level

每則愛情故事都可能是悲傷的故事。即使起初不是，後來也會是。即使對某一方而言不是，對另一方也會是。有時候，對雙方都是。

那麼我們為什麼時時渴望愛呢？因為愛是真實與奇幻的交會點。真實，如攝影；奇幻，如乘氣球飛行。

將兩樣從未結合過的事物結合在一起，有時可行，有時行不通。法國理化教師皮拉特．德．羅齊埃是搭乘熱氣球升空的第一人，也打算率先從法國飛越英吉利海峽到英國。為此，他打造了一種新型浮空器，上面是氫氣球，以便飛升得更高，下面是熱氣球，以便提升控制力。他將這兩樣東西結合起來，到了一七八五年六月十五日那天，風向與風速似乎都很理想，他便從加萊海峽省升空。這項美麗新穎的奇妙裝置快速地上升，不料尚未抵達海岸線，氫氣球頂端就冒出火來，這個希望無窮的浮空器，此時在旁觀者看來有如天上的一盞煤氣燈，隨即墜落在地，駕駛與副駕駛雙雙身亡。

將兩個從未結合過的人結合在一起，有時世界會為之改變，有時不然。他們有可能一敗塗地，也可能玉石俱焚。但有時卻能創造出新事物，進而改變世界。一起體驗那第一次的提升快感、第一次忽忽沖天的感覺，他們比兩個個別的自我都要偉大。在一起，他們看得更遠，也看得更清。

當然，愛或許不會對等，甚至可能鮮少對等。換個方式說，一八七〇至七一年間被圍困的巴黎市民，如何獲得回信呢？你可以讓氣球從聖彼得廣場飛出去，並假設它會降落在某個有用的地方，但無論風有多愛國，你都難以奢求它再把氣球吹回到蒙馬特。各式各樣的策略都有人提出過，例如：將回信放進大金屬球體內，順水流入城裡，再以網攔截。飛鴿傳書的想法就比較顯而易懂了，巴提紐區有個養鴿迷將自己的鴿舍交由相關當局處置，每次可能會有一籃鴿子隨著圍城氣球飛出，然後帶信回來。但相較於一顆氣球與一隻鴿子的運送量，想想那失望的心情何其沉重。據納達爾所述，想出解決方法的是一個在製糖廠工作的工程師。要送到巴黎的信先以清晰字跡寫在白紙的一面，收信人地址寫在最上方。接著，收集站的人將這數百封信並排在大隔板上拍成照片，加以微縮，再由信鴿送進巴黎，重新放大到可閱讀的程度，然後再將復原後的信放進信封，依地址送達。聊勝於無。事實上，這堪稱是技術上的勝利。但試想一對戀人，其中一人能隱密而盡情地寫滿兩面信紙，並將深情款款的字句藏在信封內，而另一人知道自己的私密情感可能受到拍照者與郵差的公開檢視，不得不言簡意賅。話說回來——有時候愛情不正是給人這種感覺、以這種方式運作的嗎？

莎拉終其一生都由納達爾為她拍照，先是父親，後來是兒子。第一次在她二十歲左右，當時菲利克斯・杜納雄也正忙著另一項較短暫卻轟轟烈烈的事業：「巨人號」。莎拉還不是天仙，她默默無聞、理想遠大，只是從畫像已看得出她是明日之星。她簡單擺個姿勢，身上裹著天鵝絨斗篷或是一條大披肩，肩膀裸露在外，除了一對小小的寶石耳環，沒有配戴其他首飾，頭髮幾乎光溜溜毫無裝飾，她也一樣，可以清清楚楚看出她在那件斗篷、那條披肩底下，幾乎一絲不掛。她的表情中似乎藏著祕密，因而更加迷人。她當然美麗非凡，也許現代人比當時的人更有感覺。她彷佛體現了真誠、戲劇性與神祕感，並讓這些抽象概念交融，毫無違和感。納達爾還拍了一張裸照，有些人說那是她。照片上是一名女子，上半身赤裸，展開一面扇子半遮住臉，露出一隻眼睛偷窺。無論如何，莎拉裹著斗篷、圍著披肩的畫像，肯定更加煽情撩人。

她身高才一百五十公分出頭，一般認為這種身材當演員並不適當，而且她也太蒼白、太瘦小。無論在生活或藝術上，她似乎都是個感情衝動、自然不做作的人，她經常打破戲劇規則，面向舞台後方念台詞。她和所有合作過的男主角都上過床。她熱愛出名與自我宣傳，或者誠如英國作家亨利．詹姆斯的圓滑形容，她是個「適合眾所矚目的人物，適合得無以復加」。有一位評論家先後將她與某俄國公主、某拜占庭皇后及某馬斯喀特貴婦相提並論，最後的結語是：「總而言之，她再像斯拉夫人不過了。她比我所見過的斯拉夫人都更像斯拉夫人。」二十出頭時，她生了個私生子，到哪裡都帶著他，也不顧他人的不以為然。她是猶太人，生活在多數人排斥猶太人的法國，而在信奉天主教的蒙特利爾，民眾會拿石頭丟她的馬車。她勇敢又堅強。

想當然耳，她有不少敵人。她的成功、她的性別、她的原屬種族與她那有如波希米亞人般的放縱性格，在在讓清教徒想起為何戲子總會被埋在不潔之地。經過數十年，她曾一度獨樹一幟的表演風格無可避免地過氣了，因為舞台上自然的表演方式就跟小說裡的自然主義一樣，都只是一種技巧。即使這項魔力總能迷倒某些人——英國女演員愛倫・泰芮[28]稱她「透明一如杜鵑」，並將她舞台上的表現比喻為「紙燃燒時的煙」——另一些人可就不留情面了。屠格涅夫本身雖然親法，又是劇作家，卻覺得她「虛偽、冷漠、造作」，並譴責她是「令人反感的巴黎時尚

---

28 愛倫・泰芮（Ellen Terry），十九世紀末、二十世紀初的英國女演員。

名媛」。

伯納比經常被形容為放蕩不羈。正式為他作傳的作家寫道，他「完全遠離人群，絲毫不顧習俗傳統」。他見識過不少異國風情，莎拉則直接占為己用。旅人可能從遠方帶著種種見聞回到巴黎，劇作家便從中掠奪題材與效果，設計師與服裝師則負責讓包圍著她的幻像臻於完美。伯納比正是那個旅人：他深入俄羅斯，穿越小亞細亞與中東，沿尼羅河而上。他橫越法紹達地區，那裡的人不分男女都赤身裸體，並將頭髮染成鮮黃色。與他緊密相關的故事中，經常會出現切爾克斯少女、吉普賽舞者與美麗的吉爾吉斯寡婦。

他自稱是有「長腿國王」之稱的愛德華一世的後代，並展現出勇氣與說真話的美德——英國人總認為這是他們獨有的特質。不過他個性中有一點令人不安。據說他父親「憂鬱得猶如在園中鳴叫的倉鴞」，而弗瑞德雖然精力旺盛又開朗外向，卻也遺傳了這項特質。他極為強壯，卻經常生病，飽受肝胃的病痛之苦，還曾一度因胃炎而不得不前往國外溫泉區治療。儘管「在倫敦與巴黎極受歡迎」，又是威爾斯親王交友圈中的一員，《國家人物傳記大辭典》[29]卻描述他生活「相當孤單」。

傳統人士會接受，也往往會著迷於某種非傳統，但伯納比似乎超越了這條界線。他的一位摯友稱他為「有史以來最邋遢的無賴」，說他的坐相「活像馬背上的一袋玉米」。他被認為長得像外國人，具有「東方人的五官特徵」和惡魔梅菲斯特的笑容。《傳記辭典》說他的長相兼具「猶太人與義大利人的特色」，並特別提到他「很不英國」的外表「讓他得以抗拒別人為他畫肖像的意圖」。

---

29 《國家人物傳記大辭典》（*Dictionary of National Biography*）由牛津大學出版，收錄近六萬位英國知名歷史人物傳記，初版於一八八五年發行，後持續改版重新發行。

我們生活在平地上，平平實實，但是（也因為如此）有所渴望。身為地面動物，我們有時候也能及於遙遠的天神。有人藉藝術高飛，有人藉由宗教，大多數人則藉由愛。然而高飛之際，也可能摔得粉身碎骨。鮮少人能輕鬆著陸。我們可能會以足以讓腿骨折的力道蹦跳過地面，一面被拉向某條異國鐵路線。每則愛情故事都可能是悲傷的故事。即使起初不是，後來也會是。即使對某一方而言不是，對另一方也會是。有時候，對雙方都是。

那麼我們為什麼時時渴望愛呢？因為愛是真實與奇幻的交會點。真實，如攝影；奇幻，如乘氣球飛行。

儘管伯納比不多言，莎拉對事實的陳述又反覆無常，我們還是可以證明他們在一八七〇年代中於巴黎相遇。威爾斯親王的密友要接近天仙莎拉並非難事。他先送了花，看過她演出波尼耶[30]的《羅蘭之女》，準備好讚美之詞，然後才前去。他已半料想到在她的休息室裡會有一大票娘娘腔的巴黎紈絝子弟，但也許已經過某些初步篩選。他輕輕鬆鬆就成了現場最高大的人，她則最為嬌小。當她與他寒暄，他忍不住提到她在舞台上顯得高大許多。對這種反應她已習以為常。

「而且又這麼瘦，」她接續道：「可以鑽進雨縫間不會淋溼。」

伯納比看著她的表情好像幾乎相信了。她輕輕一笑，但絲毫不帶嘲弄。他感到自在。事實上，他在大多數地方都感到自在。首先，他是英國人，其次他能流利地說七國語言，其實凡是曾經一路從西班牙發號施令到俄國土耳其斯坦的軍官，都能輕鬆應付這些熱情奔放但溫和親切的風流之士，在他看來，他們都只是靠著言詞交鋒互較高下。

30 波尼耶（Henri de Bornier），十九世紀法國劇作家、詩人。

他們喝著香檳，無疑是這群仰慕者中的某人提供的。伯納比飲酒向來節制，因此能夠眼看著其他人悄悄離去，突然間似乎只剩下一個名喚蓋哈夫人的保姆妨礙他與她獨處。

「好啦，mon capitaine（上尉大人）——」

「發發慈悲吧，夫人。請叫我弗瑞德，或是弗瑞德列克。進到妳的休息室後，我就沒有官階了。我……」他遲疑了一下。「妳或許可以說，我只是個單純的軍人。」

他不是看到，而是感覺到她在細細檢視他那身下崗制服：騎士服、騎兵連身褲、踝靴、靴刺；便帽暫時脫下放在邊桌上。

「你在打什麼仗？」她面帶微笑問道。

他不知如何回答。他想到那些只有男人參與的戰爭，想到那些攻略戰，以及男人應該如何向女人展開攻勢直到她們投降為止。但這次他卻不想虛張聲勢，而且隱喻往往讓他不安。過了大半晌他才回答：

「夫人，不久前我才剛從敖德薩回來。我收到父親病重的消息。取道巴黎是最快的途徑，但巴黎卻由公社掌控著。」他稍一停頓，心想不知女演員對那群危險的殺人凶手有何看法。「我只帶了我的旅行袋和騎兵配劍。有人警告我不許帶任何武器，但我的腿長，就把劍藏在褲管裡。」

他中斷許久，久到讓她以為故事到此結束。

「結果我走路一跛一跛，沒多久就被公社的一名軍官逮捕了，他見我一條腿僵硬不自然，當然會起疑。我立刻承認罪行，但也告訴他我是回家探視生病的父親，絕對無心生事。我萬萬沒想到，他竟答應讓我繼續上路。」

說到這裡，故事似乎真的結束了，但她沒聽懂重點。

「你父親怎麼樣了？」

「喔，等我回到索默比，他已經大致康復。多謝妳的關心。這故事的重點是——怎麼說呢？就像我對逮捕我的人所說的，在巴黎，我無心生事，只想平和度日。」

她看著他，看著這個身材魁梧、穿著制服、留著厚厚鬍鬚、說著一口流利法語的英國人，奇怪的是那麼龐大的身軀竟發出又細又尖的聲音。由於她生活在複雜而狡詐的環境，單純總能令她感動。

「我很感動，弗瑞德上尉。可是——該怎麼說呢？我本身還沒有準備好過平靜的生活。」

這下他可尷尬了。是她誤解他的意思嗎？

「明天你會再來吧。」莎拉說。

「明天我會再來。」伯納比回答的同時，以自己設計的方式向她道別：軍人告退的舉手禮，加上波希米亞人允諾會再回來的熱切口吻。

她扮演的女人都是熱情、充滿異國風情、帶有歌劇色彩——事實上確實如此。早在威爾第重新構思之前，她便創造了小仲馬的《茶花女》，並詮釋過維托里安・薩爾杜的《托斯卡》，如今這個角色廣為人知的只有普契尼的版本。她無需音樂便能展現歌劇效果。她有成批的情夫與成群的寵物。這些情夫似乎都相處融洽，也許是因為人多威脅少，也因為她手腕佳，能讓他們成為朋友。她曾說過，即使她早逝，她的愛慕者仍會繼續定期在她家聚會。此言恐怕不假。

她年少時剛開始養寵物，數量少之又少，只有一對山羊和一隻黑鸝。後來，她的鳥獸愈見野性。英格蘭之行，她在利物浦買了一頭印度豹、七隻變色龍和一條狼狗。另外還有猴子達爾文、幼獅艾那尼二世和名叫「黑醋栗」和「苦艾酒」的狗。在紐奧良，她買了一隻短吻鱷，由於對牛奶加香檳的法國飲食適應不良，結果一命嗚呼。她還有一條紅尾蟒，會吃沙發軟墊，最後不得不將牠射殺——由莎拉親自動手。

這樣一個人並不令伯納比感到侷促不安。

第二天晚上，他看了她的演出、來到她的休息室，又見到許多相同面孔。他也特意給予蓋哈夫人適當的關注：曾經進過外國宮廷的他，知道王座背後的力量不可小覷。很快地，就算樂觀至極的人都想不到會這麼快，她走過來，挽起伯納比的手臂，然後向其他同伴道晚安。他們三人離開後，爭搶芳心的巴黎公子哥們都盡可能不流露出困窘狀。但也許他們本來就不覺得。

他們乘著她的馬車來到她位於佛圖尼街的家。餐桌已擺設好，香檳置於冰桶內，伯納比從一扇半掩的門縫瞥見一張巨大籐床的床角。蓋哈夫人退下了。即便有僕人，他也沒看見，即便有鸚鵡或幼獅在一旁，他也沒聽見。他只聽到她的聲音，那清脆音色與音域就像一種尚未發明出來的樂器。

他向她講述自己的旅行、部隊裡的小衝突、氣球的冒險之旅。他提及自己飛越日耳曼洋（即今日北海）的雄心。

「為什麼不是英吉利海峽？」她問道，彷彿認為他太失禮，竟然不想朝她的方向飛來。

「我也曾經有此野心，只可惜問題在於風呀，夫人。」

「叫我莎拉。」

「莎拉夫人。」他遲鈍地接著說道：「事實上，只要從英格蘭南部起飛，最後幾乎都會降落在艾塞克斯。」

「這個艾塞克斯是什麼地方？」

「妳不需要知道。總之不在異國。」

她不太確定地看著他。這是事實或是玩笑話？

「南風，西南風會把你吹到艾塞克斯。要越過日耳曼洋，需要持續不斷吹著西風。但若要抵達法國，就需要北風，這有點罕見也不可靠。」

「這麼說，你不會乘氣球來找我囉？」她嬌聲問道。

「莎拉夫人，不管是用現在既有或尚未發明的任何交通工具，不管妳人在巴黎或廷巴克圖，我都會來找妳。」這番突如其來的告白把他自己嚇了一跳，連忙吃下幾塊冷雉雞肉，一副事不宜遲的模樣。「不過我有個理論。」待情緒稍微緩和些，他又接著說：「我相信不同高度的風向不一定相同。所以如果遇上了……反方向的風……」

「譬如艾塞克斯風？」

「正是……萬一遇上了，你就丟棄壓艙物，往更高的高度飛，也許那裡正吹著北風。」

「萬一不是呢？」

「那麼你就會落水。」

「可是你會游泳嗎？」

「會，但這對我沒什麼好處。有一些氣球飛行員考量到可能會落入海中，便穿上軟木救生衣。但我覺得這樣缺乏運動家風度。我認為男子漢應該勇於冒險。」

聽完這句話，她未作任何評論或反應。

翌日，他之所以沒有感覺欣喜若狂，原因只在於一個疑問：會不會太輕而易舉了？在塞維亞時，他花了無數小時向一位正經嚴肅的安達魯西亞姑娘學習扇子的語言：做這個手勢、像那樣隱藏、像這樣敲打究竟何意。他學明白了，也在不只一塊大陸上展現過翩翩風度，並發覺女性的媚態十分迷人。像這般開門見山、對慾望坦承不諱，更不願意浪費時間的人，他卻是前所未見。當然，伯納比也知道她並非完全開門見山。他還不至於天真地以為自己受到殷勤款待，純粹是個人魅力所致。他明白莎拉夫人與其他女演員並無不同，仍然期望收到禮物。而既然莎拉夫人是當時最負盛名的女演員，禮物就得夠分量。

從前，調情都是由伯納比全權負責，因為女孩面對全副軍裝會緊張，也就需要安撫。如今情況徹底翻轉，讓他既不知所措又興奮無比。關於下次約會，從無猶豫不決。他邀請，她便答應。有時候約在戲院，有時候他直接到佛圖尼街來，如今他有時間仔細觀察了，才驚覺這裡是半宅邸、半藝術工作室。牆面包覆著天鵝絨，鸚鵡棲息於人物半身像上，花瓶大如哨亭，大片植物有些昂然挺拔，有些枯萎凋垂，宛如邱園。在如此繽紛誇耀的展示當中，有心所嚮往的簡單事物：晚餐、床、睡眠、早餐。一個男人幾乎不敢再要求些什麼。他可以聽見自己活著。

她對他敘述她早年的生活、她的奮鬥、她的理想抱負與她的成功。還有成功後招致的敵對與嫉妒。

「別人會詆毀我，弗瑞德上尉。他們說我活烤貓、吃貓毛。說我拿猴子的脂肪油炒蜥蜴尾巴和孔雀腦來吃。還說我把戴著路易十四假髮的人頭骨當槌球玩。」

「我看不出說這種話有何樂趣可言。」伯納比皺眉道。

「好啦，我的人生也說夠了。再跟我說說你的氣球吧。」她要求道。

他沉思著。心想，應該先打出王牌。要展現最好的一面，就得拿出最精采的故事。

「去年，」他開始述說：「我在路西先生和柯威爾上尉[31]陪同下，從水晶宮升空。風向在南風和西風之間變化不定，來來回回。我們飛到雲層上方，據我們猜測，當時很可能正要越過泰晤士河口。太陽就在我們正上方，上尉說得沒錯，實在熱得不像話。於是我脫下外套，掛在錨繩的大釘上，並回答他說在雲端上至少還有一件舒服的事。那就是紳士可以公然只穿襯衫坐著。」

31 亨利．路西（Henry W. Lucy），維多利亞時期知名的英國政治記者。柯威爾上尉（Henry Colvile）為英國軍官。

他中斷敘述笑了笑，以為也會像在倫敦一樣聽到笑聲回應，但只見她臉上一抹淡淡的笑和疑問的表情。驚覺到她的沉默之後，他又接著往下說。

「後來，妳知道嗎？我們坐在那裡，等風小到氣球幾乎停止不動了，我們往下一看——其實是其中一人往下看了以後提醒其他人——請妳想像看看那幅景象。下方有一大片棉絮般的白雲遮住視線，讓我們看不見底下的陸地或河口，但就在這時候，我們看見一個驚人的景象，太陽——」他舉起一隻手示意太陽的位置，接著說：「太陽把氣球的形狀和影子投射在這片平坦的雲面上，我們不但看到球囊、繩索、吊籃，最奇怪的是還有我們三顆人頭的清楚輪廓。我們就好像看著自己的一幅巨照，這趟探險的巨照。」

「人被放大了。」

「的確。」但弗瑞德意識到自己其實竄改了故事。她專注的力道令他心慌。他不禁感到洩氣。

「我們兩個都一樣。你曾經說過，我在舞台上被放大，而你在自己的生命中也被放大了。」

弗瑞德感覺到心突地一跳，他本該受譴責，卻獲得讚美。他和一般人一樣喜歡受恭維，但話說回來，她的言詞讓他覺得過於單刀直入。而這正是他們處境的矛盾之處。依傳統生活標準，他們都是帶有異國色彩的人，可是當他們在一起，儘管他穿著騎兵衛隊的下崗制服，而她則只有被淘汰的毛皮大衣和一頂好像有隻死去貓頭鷹棲坐其上的帽子，他卻看不到戲劇、表演或特殊服裝。他承認，自己有一半困惑，也很可能有四分之三已墜入情網。

「如果有朝一日能搭氣球飛行，」她露出淡淡的、恍惚的微笑說道：「我會想到你。這是我給你的承諾，而我從不食言。」

「從不？」

「只要我不想的話。當然，有些承諾我打從一開始就不打算遵守，但那些恐怕就算不上承諾了，對吧？」

「那麼也許我能有幸蒙妳承諾，將來有一天會和我一起升空？」

她一時沉默不語。他越線了嗎？但倘若不說出自己的意思、自己的感覺，開門見山的坦率又有何用？

「可是弗瑞德上尉，這樣一來，不會有點難平衡嗎？」

她說中了一個實際的重點：他的體重至少是她的兩倍。他們得把大部分壓艙物放在她那邊，但如果他必須到吊籃另一邊去拋棄壓艙物……他想像著這齣短劇的畫面，彷佛已經真實地上演了，直到後來他才又想到她會不會有弦外之音。然而，暗喻經常令他困惑。

不，他不是四分之三墜入情網。

「是百分之百。」他對著旅館房間穿衣鏡裡，穿著制服的倒影說。暗金色鏡框在他騎士服較鮮豔的蕾絲飾邊對照下，相形失色。「是百分之百，弗瑞德上尉。」

他時常想像這一刻，試圖釐清這和以前只是愛上一雙眼睛、一抹微笑、一件閃閃發亮的連身裙，那種半戀愛的感覺有何不同。那些時候，他總能預想接下來幾天的情形，有時候接下來那幾天也會和他料想的如出一轍。然而，想像與現實就此打住，夢想與慾望獲得了滿足。如今，雖然就某方面而言，慾望的滿足如此之快又如此令人癡狂，著實讓他作夢也想不到，但卻只是撩撥起更大的慾望。與她相處的短暫時刻讓他渴望擁有更多時間、能時時刻刻和她在一起。從戲院到佛圖尼街的短短路程讓他渴望能走更遠的距離，到她在舞台上扮演過的那些人的國家去，再到世界上其他所有國家。簡言之，和她到每個地方去。有人向他提起過她具有斯拉夫特質的美。於是他想像與她往東行，一一比較她與周遭人的五官特色，直到她完全融入人面風景中，四下僅剩一片斯拉夫人海與弗瑞德上尉。他想像著她嬌小柔軟的身軀與他並騎於馬上，不是像一般女性的騎坐方式，而是跨騎，再次女扮男裝。他看見他們同乘一騎，他在後，她在前，他拉著韁繩，將她環抱在臂彎裡。

他看見他們結為伴侶，將許多事物結合在一起，組成生活。他總是想像他們處於動態之中。他——他們——正在高飛。

伯納比雖然性情自由奔放，也老於世故，卻不像每晚到後台來的那些人那樣細膩，不斷尋找更優雅的鼓掌方式。不過他很聰明，遊歷極廣。因此，一、兩個星期後，便留意到他人對他的情況有何看法，他也將他們心裡的話大聲說給自己聽。

「她是女人，她是法國人，她是演員。她夠平實嗎？」

他知道朋友與軍中同袍會怎麼說。即使他正正經經地提問，他們也會笑笑回應。但他們滿腦子只會想到空泛的說法、名聲、傳聞。他們自己短時間內忙著追求切爾克斯女孩和美麗的吉爾吉斯寡婦，其樂無比，無憂無慮，因為他們知道將來總會回家鄉娶個好出身的英國女子，對她們而言，愛情的實際問題並不比菜園的實際問題來得複雜而神祕。深夜時分，喝著白蘭地加蘇打水的他們，會暫時為了另一抹微笑、一身較深的膚色和幾句半懂不懂的喁喁細語而陷入鄉愁。但在此之後，他們仍會盡責地回歸家庭，微醺之下深信自己將生活安排得井然有序。

伯納比不像這樣，莎拉夫人也是。她並未以調情的輕浮態度對待他，或者應該說她的調情並非欺騙，也非耍手段，而是一種承諾。她透過眼神與微笑提議、出價，他接受了。蓋哈夫人隨即提起莎拉夫人很喜歡一對耳環，他便買來送她，她表達了感謝卻不顯驚訝，這整件事也是開門見山。對於軍中同袍的嘲弄，他會回答：你們不也會買禮物送你們那位純潔、臉頰紅潤的英國未婚妻嗎？而她們收到禮物時，不也會佯裝驚喜讓你們信以為真嗎？至於莎拉夫人對他則向來是直來直往——儘管「向來」只意味著幾個星期。

她沒有疑心病重的家人需要他去討好。有一個蓋哈夫人，集先鋒、後衛與智囊的角色於一身。他認可也佩服她的忠心。她和弗瑞德上尉彼此了解，一旦他受到刺激展現慷慨，她會面不改色地收下他的錢。除此之外，只有莎拉夫人的兒子，是個友善的小伙子，將來應該會順利地學會運動與狩獵。在這方面，歐陸人士仍需要教育。西班牙人會自豪地射殺正在孵蛋的山鶉。有一次在法國西南方的波城，他受邀參與當地狩獵活動。那裡的人將以大茴香子浸泡過的狐狸裝進袋子裡，好讓嗅覺遲鈍的獵犬較容易追蹤；他的馬太過矮小，騎在馬上腳跟還會拖地。整場打獵活動僅僅二十分鐘便結束了。

他會開心地離開英國。他在那裡認識了不少好友，但熱氣與塵土更吸引他的靈魂。或許他英國人的純正血統可以回溯到「長腿王」愛德華時代，但他發現表面上不一定看得出來。他知道有些人私底下是怎麼想的，因為他們喝酒之後，幾乎都會當著他的面說出來。當他還是年輕少尉時，軍中食堂裡有個笑話說他很像義大利男中音。「給我們唱首歌吧，伯納比。」同袍們會這麼反覆喊道。於是每一次他都會起身，唱的不是輕歌劇或淫穢小曲，而是英格蘭中部某首樸實、輕快的歌曲，一直唱到大夥厭煩為止。

當時有個傲慢自大的年輕中尉姓戴爾，老是暗指他可能是猶太人。當然，不是說得太白，只是約略影射。「錢啊？我們就問問伯納比吧。」也不是太隱晦。聽過幾次類似的話之後，他把戴爾中尉拉到一旁，像沒穿軍服的人一樣說話，事情也就到此為止了，但伯納比記得清清楚楚。

因此，他並不十分在意莎拉夫人天生是猶太人。出生時是猶太人，後來改信天主教。伯納比仍免不了對某個族群有特別的好惡，但他深信自己看待猶太人比他認識的大多數法國人都更為仁慈。因此在某種程度上，他把這種偏見當成是自己的責任，何況戴爾也可能把他們兩人都視為假猶太人，這讓他覺得與莎拉夫人更親近了。

就這樣，幾個星期下來，他把他們的未來想像得更加明確。他會辭去軍官職位，他會離開英國，而她會離開巴黎。當然，她仍會繼續讓世人為之驚豔，只是不能讓她的才華日復一日、夜復一夜地浪費。她可以這裡演出一季，那裡演出一季，空檔期間他們便到她仍默默無名的地方旅遊。從他們共通的豪放不羈性格中，將會產生一種新模式。愛將會改變她，正如愛正在改變他一樣。怎麼改變，他也說不上來。

他心裡想得明明白白，接著就得提起話題。當然不是現在，不是在晚餐後就寢前的時間。這是屬於早晨的話題。他輕鬆愉快地吃起了鴨肉捲。

「弗瑞德上尉，」她開口道，他覺得對他來說，至高無上的幸福就是在有生之年，都能聽到這個聲音、帶著法語腔說出這幾個字。「弗瑞德上尉，你認為飛行的前景如何？我是說人類的飛行，人類，男人和女人，一起飛上大氣層。」

他就他聽到的問題回答。

「空中航行單純是輕盈與力道的問題。」他回答道：「企圖驅動與操控氣球的嘗試——包括我自己的在內——都失敗了，將來恐怕還會繼續失敗。未來無疑得靠重於空氣的機器飛行。」

「原來如此。我尚未乘氣球升空過，但我覺得很可惜。」

他清清喉嚨。

「可以告訴我原因嗎，親愛的？」

「當然了，弗瑞德上尉。乘氣球飛行就是自由，不是嗎？」

「的確是。」

「你只能任憑大自然把你往東南西北吹。這也很危險。」

「的確是。」

「然而，如果要想像一架重於空氣的機器，上面應該會配備某種引擎。它會有一些操控裝置，應該就可以掌控方向，決定上升下降，而且比較不危險。」

「毫無疑問。」

「你還不懂我的意思嗎？」

伯納比思索著。他之所以聽不懂，是因為她是女人、因為她是法國人，或者因為她是演員呢？

「我恐怕仍在五里霧中呢，莎拉夫人。」

她再次露出微笑，而且不是演員的微笑——除非演員也能遊刃有餘地展露非演員的笑容，就像平時展現演技一樣，他猛然有此覺悟。

「我不是說戰爭比和平好，我不是這個意思。但危險要比安全好。」

現在他認為他應該聽懂她的意思了，而且不太喜歡她話中的含意。

「我跟妳一樣相信危險的價值。這個信念永遠不會離開我。只要有危險與冒險的召喚，我必然勇往直前。我會隨時找尋戰鬥的機會。只要國家需要我，我必定義無反顧。」

「我很高興知道這一點。」

「可是……」

「可是什麼？」

「莎拉夫人，不管我們氣球飛行者有多不樂意，重於空氣的機器還是未來趨勢。」

「我們不是討論過，也有共識嗎？」

「對，但那不是我的本意。」

他住口不語，她等待著。他知道她知道他想說什麼，他再次開口。

「我們倆都是豪放不羈的人，都是四處為家，隨心所欲的人。我們不會隨波逐流，也不會輕易聽命行事。」

他又打住，她等著。

「天哪，莎拉夫人，妳明知道我要說什麼，我再也不能靠隱喻交流了。放眼所見，我不是第一個愛上妳的人，恐怕也不會是最後一個。但我愛上妳了，而且從來沒有這樣愛過一個人。我們志同道合，這點我知道。」

他凝視著她。她回看他的眼神在他眼裡似乎異常平靜。但那是表示她也有同感？或是對他所說絲毫不為所動？他又接續道。

「我們都是成年人，我們了解這個世界。我不是個只會裝腔作勢的軍人，妳也不是天真無邪的少女。嫁給我吧，嫁給我吧。我把我的劍，連同我的心都交給妳，這話已經不能說得更白了。」

他等候她的答覆，似乎看到她眼中閃著光。她一手搭著他的手臂。

「我親愛的弗瑞德上尉，」她回答道——只是她的口吻讓他自覺像個小學生，而不像皇家騎兵衛隊軍官。「我從來沒有把你當成裝腔作勢的軍人，我很敬重你，並以禮相待。你著實讓我感到受寵若驚。」

「但是……？」

「但是，沒錯，人生將這個字眼強加在我們身上的次數，比我們希望與想像得更頻繁。但是——為了不負你的坦率，我也得坦率以告。但是——幸福生活不適合我。」

「這可難說了，經過這幾個星期、這幾個月……」

「不，不難說。而且事實如此。適合我的是感覺、是歡愉、是當下。我不停地在追求新的感覺、新的情緒。直到人生耗盡，我都會是這樣。我的心所渴望的刺激，任何人，不管是誰，都給不了。」

他別過頭去。這種話讓男人無法承受。

「你必須了解一點，」她繼續說道：「我永遠不會結婚。我可以向你保證。我永遠都會是你所說的氣球迷。我永遠不會和任何人一起搭乘那種重於空氣的機器。我能怎麼辦呢？你不能生我的氣，你得把我想成是一個不完美的人。」

他鼓起勇氣作最後一次努力。「莎拉夫人，我們每個人都不完美。我也跟妳一樣不完美，所以我們才需要尋找另一個人，來完備自己。我也從來沒想過要結婚，不是因為這是件因循守舊之事，而是因為我以前缺乏勇氣。要我說的話，結婚比一群手持槍矛的異教徒更危險。別害怕，莎拉夫人，別讓恐懼牽制妳的行動。這是我的第一位指揮官常對我說的話。」

「不是恐懼，弗瑞德上尉。」她柔聲說道：「是自知之明。請你不要生我的氣。」

「我沒有生氣。妳的舉止態度實在讓人生不起氣來。如果我看起來像在生氣，那是因為我氣宇宙創造了妳，創造了我們，以至於現在……以至於我們才會……」

「弗瑞德上尉，時間很晚了，我們也都累了。明天再到我的休息室來，也許你就會明白了。」

（附帶補充另一則愛情故事。一八九三年，也就是龔固爾前往塞納爾森林拜訪納達爾與他喪失語言能力的妻子那年，他與莎拉相約在排練他的劇作《佛絲丹》的台詞之前先共進晚餐。他到達時，她還在排戲，他便被帶到她接待客人的工作室。他以審美家的眼光冷冷地審視室內的雜亂裝潢，發現這裡頭有中世紀的餐具櫥和飾以鑲嵌細工的櫃子，有智利的小人偶、原始的樂器和「俗麗的東方佬小飾品」，宛如亂七八糟的大雜燴。唯一真正展現個人品味的只有放在角落的一排北極熊皮，莎拉總喜歡在這個角落接見客人（並經常和這天晚上一樣，一身白衣）。在這堆藝術破爛當中，龔固爾還留意到一齣小小的、但極度情緒化的戲劇場景。工作室中央擺了一個籠子，裡面有一隻小猴子和一隻大嘴鸚鵡。猴子躁動不停，吊在半空中搖來晃去，並不停地折磨鸚鵡，拔牠羽毛、「凌遲」牠。雖然鸚鵡輕易便能將猴子啄成兩半，卻沒有這麼做，只是發出悲痛的哀鳴。龔固爾為可憐的鸚鵡感到不忍，對牠被迫忍受這種痛苦發出不平之鳴。他得到的解釋是鸚鵡和猴子曾經一度被分開來，不料鸚鵡竟差點悲傷而死，直到再度與折磨牠的禍首同籠才恢復過來。）

他事先送了花，專注地欣賞她化身為亞德莉安娜．勒庫芙樂[32]——上個世紀遭情敵毒害的女演員——然後前往她的休息室。她丰采迷人，現場仍是一群老面孔。大家依然和以往一樣，低聲閒話家常。他與蓋哈夫人同坐，謹慎地出言探詢，試圖找到某種新策略、某個隱藏不明的重心……這時周遭忽然略為安靜下來，他抬頭一看，發現她手挽著一個身材格外矮小、長得尖嘴猴腮，還拄著一根可笑枴杖的法國人。

「晚安了，各位。」

眾人喃喃回應，似乎都已心裡有數，並不感到訝異，一如他自己第一次與她在一起的那天晚上。她越過其他人望向他，點了點頭，隨後平靜地轉移視線。蓋哈夫人站起身來，向他道晚安。他眼看著莎拉夫人離去，這是她給他的答案。海水如此冰冷，他卻連一件可以護身的軟木救生衣都沒有。

不，他不生氣。休息室裡的紈絝子弟至少修養都不錯，不至於特意提起往事，或是暗示自己以前便曾遭遇類似情形——不對，是一模一樣的情形。他們又給他倒了一些香檳，並禮貌問候威爾斯親王的近況。他們謹守自己的禮節，也不對他失禮。就這點而言，他們無可挑剔。

但他絕不會加入他們的行列，絕不會變成一個笑臉迎人的前情人隨從。他認為這種行為十分不人道，甚至是傷風敗俗。他不願從情人變成好友，他對這樣的轉變沒興趣，也不想和其他同病相憐的人湊在一起，買什麼新穎的異國禮物送她——也許是一頭雪豹。而他並不生氣。但在開始感覺到痛苦之前，他還有時間哀傷。他已經奉上一切，奉上最好的自己，卻仍不夠。他自認為豪放不羈，沒想到她的豪放更超乎他所能承受。他無法了解她的自我解釋。

---

32 亞德莉安娜．勒庫芙樂（Adrienne Lecouvreur），十七世紀法國知名女演員，咸認當時最傑出的表演者之一。雖未經證實，傳聞她是遭下毒致死。

痛苦持續了數年，他利用旅行與小規模戰鬥來排解。但他從來不提，倘若有人問起他的低迷心情，他總會回答說是受到倉鴞的憂鬱所感染。詢問者會明白，也就不再多問。

他是太天真或是野心太大呢？或許都有吧。在人生中，你或許可以像個豪放的波希米亞人，也可以是個冒險家，但你也會尋找一種模式、一種安排來幫助你安然度過，即使再頑強抵抗也一樣。軍隊的規矩是一種方法。但在其他地方，你如何分辨何種模式為真、何者為假？這個問題始終困擾著他。還有另一個問題：她平實嗎？她是自然不造作，或是假裝如此？他不時反芻回憶尋找證據。她曾說她一向信守承諾——除非是一開始就不打算遵守。她給他的是假承諾嗎？他舉不出任何真憑實據。她說過她愛他嗎？當然說過，而且很多次，但卻是他自己的想像（彷彿有人在他耳邊提詞似的），並添加了「永遠」二字。當她說愛他的時候，他沒有問過那是什麼意思。哪個戀人會這麼做呢？那些華麗修飾的言詞，在說的當下似乎都鮮少需要注解。

如今他明白了，如果他問她，她會回答：「我會愛你直到我不再愛你為止。」聽到此話，戀人還能再奢求些什麼？而在耳邊提詞的聲音會再度呢喃道：「這就意味著永遠。」這是一個男人的虛榮心作祟。那麼他們的愛情純粹只是建立在自己的幻想上嗎？他無法相信，也不相信。他盡己所能地愛了她三個月，她也一樣，只不過她的愛情有個內建的定時開關。就算問了關於她昔日戀人的情形，問了他們的戀情持續多久，也不會有幫助，因為他們的失敗、他們戀情的無法持久，只會看似是他成功的契機：每個戀人都會這麼認為。

不，伯納比最後下此結論，她是平實的，是他自欺欺人。但假如平實無法讓你免於痛苦，或許還是留在雲端的好。

他再也沒有試圖與莎拉夫人連絡。當她來到倫敦，他便找理由出城。一段時間過後，他便能心平氣和地閱讀關於她最近演出成功的消息。大部分時間他已能夠理性地回顧這整件事，把它當成某件往事來回憶，其中沒有誰的錯，沒有所謂的殘酷無情，只有誤會一場。但是他無法每次都保持如此的冷靜、接受這樣的解釋，這時，他便會覺得自己是世上最笨的動物。他就好像那條自作主張吃起沙發軟墊的紅尾蟒，最後被莎拉夫人親手開槍結束性命。被射死，這正是他的感受。

但他後來結婚了，在三十七歲的高齡。女方是一位愛爾蘭從男爵的女兒，名叫伊莉莎白．霍肯斯—惠特謝。然而，假如他在尋找或期望某種模式，他終究還是再度失望了。婚後，新娘罹患了結核病，原訂的北非蜜月只得改到瑞士一家療養院。十一個月後，伊莉莎白為伯納比生下一子，卻大半生都被圈囿在阿爾卑斯高山地區。弗瑞德上尉，如今的弗瑞德少校，後來的弗瑞德上校，則又回歸到旅行與小規模戰鬥的生活。

同時，他也重拾對氣球飛行的熱愛。一八八二年，他從多佛煤氣廠起飛，前往法國。被困在海峽上空時，他不免想起莎拉夫人。此刻他正在進行他承諾了自己一輩子的飛航之旅，但卻不是如她昔日調情時所提議——飛向她。儘管他從未向任何人提及他們的關係，有些人還是起了疑心，偶爾在普瑞特家打完牌，很晚才吃完培根炒蛋加啤酒的晚餐之後，他們會用手肘輕輕頂他，試圖暗示些什麼。不過他從來不上當。如今高懸於空中，他只聽見她的聲音在耳邊響起：**我親愛的**弗瑞德上尉。經過這許多年，他依然心如刀割。他急躁地點起雪茄，這是個愚蠢之舉，那一刻他整個人生都可能爆炸，但他不在乎。他的心思飄回到佛圖尼街，回到她那雙清澈的藍色眼睛、她那頭有如燃燒灌木叢的頭髮，回到她那張大籐床。接著他清醒了過來，將半截雪茄丟入海中，拋出一些壓艙物，讓氣球飛得更高，希望能遇上一陣北方吹來的微風。

當他降落在蒙蒂尼城堡附近，法國民眾仍熱情一如往昔，根本不在意他嘲弄吹噓英國政治體系的優越。他們只是讓他再多吃一點東西，並猛勸他在他們的火爐邊——這個比高空安全許多的環境裡再抽一根雪茄。

回到英國後，他坐下來寫了一本書。他在三月二十三日起飛升空。《飛越英吉利海峽與其他空中冒險》一書，於十三天後的四月五日，由書商山普森・羅發行出版。

就在前一天，一八八二年四月四日，莎拉・伯恩哈特嫁給了阿里斯提德・達馬拉，他原為希臘外交官，後來轉行當演員，是個出了名傲慢自大、性好漁色的人（而且揮霍無度、嗜賭且吸食嗎啡成癮）。由於他是希臘正教信徒，而她是信奉羅馬天主教的猶太人，最方便他們閃電結婚的地方就是倫敦：位於井街的聖安德魯新教教會。她是否買了伯納比的書在蜜月期間閱讀，我們無從得知。但那段婚姻慘不忍睹。

三年後，伯納比違紀加入沃爾斯利爵士的遠征軍行列，前往蘇丹共和國的喀土木拯救戈登將軍[33]，卻在阿布科里一役中，被一名馬赫迪的士兵以長矛刺頸身亡。

伯納比夫人後來梅開二度，並確立多產作家的地位。第一任丈夫去世十年後，她出了一本如今早已不可得的手冊，名為《雪地攝影秘訣》。

33　沃爾斯利爵士（Garnet Wolseley），英國名將，戰績輝煌，曾任英國陸軍總指揮官。戈登將軍（Charles George Gordon），英國陸軍少將，曾於中國協助官府與太平軍作戰，並曾任蘇丹總督。

第三章

深度的迷失

The Loss of Depth

我的傷慟有一部分是自我導向……但更多是因為她，更多得多，而且從一開始就是：看看如今失去生命的她，失去了什麼。她的身體、她的靈魂，她對生命那幸福洋溢的好奇心。有時候覺得生命本身才是失去最多的，才是真正的遺族，因為它再也無法感受到她幸福洋溢的好奇心。

將兩個從未結合過的人結合在一起。有時候這就像第一次嘗試將氫氣球和熱氣球綁在一起：你寧可一敗塗地？或是玉石俱焚？但有時候行得通，會產生出新的東西，世界也會為之改變。然而到了某個時刻，遲早會因為某個原因，而有一人被老天帶走。被帶走的比原有的總和還要多，就數學而言，這也許不可能，但情感上是可能的。

阿布科里戰役後，有「無以計數的戰亡阿拉伯人，因出於必要而未加掩埋」。但並非未加檢視。每具屍體的一側手臂上都纏著一圈皮環，上面有馬赫迪寫的禱詞，他向手下士兵保證過這能讓英軍的子彈化為水。愛會讓我們產生類似的信任與所向無敵的感覺，有時候（也或許是經常）會有效。我們在槍林彈雨中靈活閃避，就像莎拉自稱能靈活閃避雨滴。只可惜總會有天外飛來的一記長矛刺入脖子。因為每則愛情故事都可能是悲傷的故事。

人生初期，世界會將人粗分為有過性經驗與沒有的。稍後，則分成懂愛與不懂的。再稍後——至少，如果幸運的話（或是反過來說，如果不幸的話）——又分成傷慟過與沒有的。這些區隔斷然而明白，那是我們跨越的回歸線。

我們在一起三十年。相識時我三十二歲，她死去時我六十二歲。我生命的心臟，我心臟的生命。雖然她想到變老就深惡痛絕——二十幾歲時，她覺得自己絕活不過四十——我卻快樂地期待我們能繼續生活在一起，期待生活變得較慢、較平靜，期待共同創造的回憶。我可以想像自己照顧她，甚至可以（雖然實際上並沒有）想像自己像納達爾一樣，為無法言語的她撥開鬢邊髮絲，學習扮演溫柔護士的角色（並接受她可能很討厭這麼依賴人的事實）。相反地，從夏天到秋天，有的只是焦慮、驚慌、擔憂、恐懼。從診斷到死亡只有三十七天。我試著絕不別轉過頭，始終正面以對，結果產生一種瘋狂的清明。大多數晚上，我離開醫院時，會憤恨地瞪著公車上那些只是下了班要回家的人。他們怎能如此閒散地坐在那裡，一無所知，還露出漠不關心的表情？這世界就要起變化了呀。

我們不善於面對死亡，那件平凡又獨特的事，我們再也無法讓它成為更寬廣的模式的一部分。正如福斯特所說：「一個人的死或許能自證其理，卻無法闡釋另一人的死。」因此傷慟也同樣變得無法想像：不只是它的長度與深度，還有它的層次與質地、它的欺騙與虛幻希望、它的一犯再犯。此外，還有它第一時間的衝擊：你猝不及防地落入冰冷的日耳曼洋，身上只有一件荒唐的軟木救生衣，本該能救你一命的。

而你永遠無法為你浸入的這個新事實做好準備。我知道有個人如此以為，或者是希望自己可以做到。她丈夫因癌症已長期瀕臨死亡，務實的她事先問得了一份閱讀清單，並蒐集了許多描述喪親之痛的文章。時刻一到，還是沒有差別。「時刻」：感覺像好幾個月，仔細一算，竟只有數日之久。

許多年來，我偶爾會想到自己讀過一位女性小說家寫的一篇文章，是關於她年邁丈夫的死。她坦承，傷慟之餘，內心裡有一個小小的誠實聲音喃喃說道：「我自由了。」當我自己的這個時刻到來，我想起這句話，唯恐內心提詞人的呢喃聽起來像是背叛，但是我卻沒聽到這樣的聲音、這樣的語句。一個人的傷慟終究無法闡釋另一人的傷慟。

傷慟如同死亡，既平凡又獨特。因此，做個平凡的對比。當你改換車款，會突然發現馬路上竟有那麼多人開同樣的車，這些車從未讓你如此印象深刻過。當你失去另一半，會突然發現所有的鰥夫寡婦都向你靠近。從前，他們多少是隱形的，而對其他駕駛、其他沒有失去另一半的人而言，他們依然繼續隱形。

傷慟依性格而異。這點似乎也是顯而易見，但在這個時候，沒有一件事在表面上或感覺上是顯而易見。有個朋友死了，留下妻子和兩個孩子。他們有何反應呢？妻子開始重新裝潢房子。兒子躲進父親的書房，直到看完他留下的每一則訊息、每一份文件、每一點蛛絲馬跡之後才出來。女兒則在灑了父親骨灰的湖面上放紙燈。

有另一個朋友，在某國外機場的行李輸送帶旁死於非命。當時他妻子去推推車，回來時只見一大群人不知在圍觀什麼。大概是誰的行李箱爆開了吧，結果不是，爆開的是她丈夫，而且已經斷氣。一、兩年後，我的妻子去世，她寫信給我：「重點是，大自然精準無比，失去的有多寶貴，心就有多痛，所以應該也可以說人在享受痛苦吧，我想。本來不在乎的，現在也不會在乎。」我覺得這番話頗有撫慰作用，便將她的信放在書桌上很長一段時間，雖然我不太相信自己能有享受痛苦的一天。但話說回來，我也才剛開始而已。

我確實已經知道派得上用場的只有老套的字眼：死亡、傷慟、哀傷、傷心、心碎。絕非現代的逃避或就醫方式。傷慟是一種人類狀況，不是醫學狀況，即便有藥可以幫助我們忘卻傷慟（和其他一切），卻沒有藥能治癒。傷逝者不是意志消沉，只是理所當然地、適度地、精確地（「失去的有多寶貴，心就有多痛」）傷心。有一個婉轉的說詞讓我格外厭惡，就是「過去了」。「聽說你妻子過去了，請節哀。」（就像「水流過去了」、「血流過去了」？）就算你自己常常說「死」這個字，也不一定要強迫別人這麼說。總會有個折中點。在一個平常我們會一起出席的社交場合上，有個熟人上前來，只簡單對我說了一句：「有人不在了。」這種感覺是對的，無論就哪種意義而言。

傷慟無法互相闡釋，卻可能重疊。所以傷逝者之間有種共犯關係，有些事只有你們知道——即使你們知道的是不同的事情。你穿過了一面鏡子，就像在尚．考克多的電影裡面一樣，發現自己置身於一個邏輯與模式都重整過的世界。舉個小小例子：妻子去世前三年，我的一位老友，詩人克里斯多福・里德[34]也失去妻子。他寫了有關妻子的死與其後續影響。在一首詩中，他描述了生者不願接受死者仍存在的心態：

但我也迎合了眾人的意願，強加了
禁忌與規範，言行粗魯無禮地，
在餐桌談話間提及亡妻。
頓時，同感恐懼與噁心震撼之餘，一陣沉默。

34 克里斯多福・里德（Christopher Reid），英國詩人，曾獲惠特布萊德獎。

初讀這幾句詩時，我心想：一定是你那些朋友太奇怪了。我還想：你其實並不覺得自己言行粗魯無禮，對吧？後來，輪到自己親身體會，我才明白。我很早就下定決心（又或者以我腦子的混沌狀態看來，比較可能像是決心自行為我做的主），只要我想要或需要，隨時都會談論我的妻子，提及她將會是任何正常對話中正常的一部分——儘管「正常狀態」早已消失。我迅速發覺到傷慟如何將傷逝者周遭的人加以分類並重新整隊，朋友們如何受到考驗，有些人過關，有些人失敗。老友情誼可能會因為共同的哀傷而加深，也可能瞬間顯得微不足道。年輕人比中年人經得起考驗，女性又比男性好。這點本不該太令人吃驚，但確實令人吃驚。畢竟，你會預期年齡、性別與婚姻狀態與你最相近的人，應該最能理解。真是太天真了。我還記得某次與三位年齡相仿的已婚友人上餐廳吃飯時的「餐桌談話」。他們每個人都和她相識多年——加起來恐怕有八、九十年了——若被問及，每個人都會說愛她。然而我提到她的名字，沒有人接話。我再提一次，仍然沒有反應。第三次，我也許是故意語帶挑釁，因為覺得他們的態度不是禮貌而是怯懦，不由得氣惱。他們害怕提到她的名字，拒絕了她三次，這讓我對他們的感覺更差了。

還有生氣的問題。有些人氣的是死去的人，氣他們不該失去生命而拋下自己、背叛自己。還有什麼想法會比這個更不理性？幾乎沒有人是心甘情願地死，就算自殺也一樣。有些傷逝者生上帝的氣，但假如祂不存在，這也是不理性的想法。有些人則是生宇宙的氣，氣它不該讓這種無可避免、無法逆轉的事情發生。我倒是沒有這種感覺，但是二〇〇八年整個秋天，我都用一種難以克制的淡漠看報紙、追蹤電視報導。「新聞」似乎和滿車漫不經心的乘客沒有兩樣，只是規模更大、更羞辱人，也助長了他們乘車時的自我與無知。不知為何，我十分在意歐巴馬的當選，至於世上其他事情，我幾乎都漠不關心。聽說整個金融體系就快一敗塗地了，但並未對我造成困擾。就算有錢也不可能救得了她，那麼錢有何用？救它又有何用？聽說全球氣候即將走上不歸路，但就算它走上這條路，走得再遠，我也無所謂。我會從醫院開車回家，到了某一段路，就在快到鐵路橋的地方，腦中會浮現一句話，我也會跟著大聲念出來：「宇宙只是做它該做的事。」「一切」就只是「如此」而已——何其巨大而驚人的「如此」。這句話毫無撫慰作用，或許這是用來對抗其他替換性的假撫慰的方法。可是如果宇宙只是做它該做的事，它也可以做和它自己有關的事就好，鬼才理它。既然這個世界不能、不願救她，我又何苦費心去救這個世界？

有個朋友的丈夫五十五、六歲時中風，幾乎立刻喪命。她對我說她氣的不是他，而是他竟然**不知道**，不知道自己就要死了，來不及準備，來不及向她和孩子們告別。這也是氣老天爺的一種形式。一種對漠然的憤怒——生命只是漠然地持續到它戛然而止的那一刻。

於是怒氣可能轉移到朋友頭上。氣他們無法說對的話、做對的事，氣他們熱切過頭或看似冷漠。由於傷逝者多半不知道自己需要或想要什麼，只知道自己不想要什麼，於是惹惱人與被惹惱的情形屢見不鮮。有些朋友畏懼傷慟不下於畏懼死亡，躲著你就像躲瘟神一樣。有些人在不知不覺中，半期望你能代他們哀悼。也有人會裝出樂觀務實的樣子。妻子下葬一週後，有個聲音透過電話問道：「怎麼樣？在忙些什麼？這次放假會去健行嗎？」我對著話筒吼了一下子，然後掛斷。不會，健行是我的人生還平平實實的時候，我倆會一起做的事。

但說也奇怪，事後回想起來，這個魯莽的問題並不算太離譜。多年來我偶爾會想像，如果生命中發生「不好的事」，我會做什麼。我並沒有具體去想是什麼「不好的事」，但可能性十分有限。我事先決定我要做一件瑣碎的小事和一件比較正經的事。首先，我要向媒體大亨魯柏．梅鐸屈服，訂閱全套的體育頻道。其次，我要獨自健行穿越法國，若是難以辦到的話，就只穿越法國一角，也就是沿著米迪運河從地中海岸走到大西洋岸，背包裡會放一本筆記本，記錄我如何努力應付這件「不好的事」。然而事情真的發生了，我卻一點也不想穿上靴子。而且這種傷慟的跋涉實在很難以「健行假期」來稱呼。

有人提議作其他消遣，有人提出其他忠告。有些人的反應就好像心愛的人死去只是一種極端的離婚形式。有人勸我養一條狗，我會諷刺地回答對方，狗好像很難代替老婆。有個鰥夫警告我「盡量別去注意其他夫妻」，可是我的朋友多半都是夫妻。有人建議我到巴黎租一間公寓住上半年，或者，「瓜德魯普的海濱小屋」也好。我不在的時候，她和丈夫會替我看房子。這也算幫他們一個忙，「福弟就有花園可以玩了」。這個提議是在我妻子生命最後一天，以電子郵件寄達的。福弟是他們的狗。

當然，沉默的一群和提供意見的人會感受到他們自己的傷慟，也許還有他們自己的憤怒，這些情緒則可能針對我們，或說針對我。他們也許想說：「你的傷慟讓人尷尬，我們只能等著它過去。順便告訴你，少了她的你比較無趣。」（這是事實：我確實覺得少了她的我比較無趣。兩人獨處時，我對她說的話，值得一聽，自言自語時，則不然。當我對著自己說個不停，我就會大聲斥道：「拜託，別再煩我了。」）沒錯，如果他們那麼想，我承認。有個美國朋友直言告訴我：「我一直以為會是她送你走。」我十分理解：我好像比較不可能活得比她久。但也許他還有另一層意思，是寧可她活得比我久。對此，我也幾乎難有異議。

此外，你也不知道自己在別人眼中是什麼樣子。你的感覺和你表現出來的樣子可能一樣，也可能不一樣。所以你是什麼感覺？就好像從幾千公尺高處掉落，始終保持清醒，最後雙腳先落在一方玫瑰花床上，撞擊之下雙腿沒入花床深及膝蓋，衝擊的力道更讓你體內臟器碎裂，迸散出體外。就是這樣的感覺，看起來又怎會有所不同？難怪有人想轉移到較安全的話題。而或許他們迴避的不是死亡，不是她，而是你。

我不相信這輩子還會再見到她。再也不會見到、聽到、觸摸、擁抱、傾聽、一起說笑；再也不會等待她的腳步聲、聽到開門聲時露出微笑，或是讓她的身體緊緊貼靠著我、我的身體緊緊貼靠著她。我也不相信我們會以某種非物質化的形式再相遇。我認為死了就是死了。有人覺得傷慟即便有理，還是一種強烈的自憐；有人覺得那只是我們在死神眼中的自我投射；也有人說他們更為未亡者難過，因為是活著的人要經歷這些，而已故的心愛的人則再也沒有痛苦。這些方法都是試圖將傷慟極小化再加以面對——面對死亡亦是如此。的確，我的傷慟有一部分是自我導向——看看我失去了什麼、看看我的人生變得多渺小——但更多是因為她，更多得多，而且從一開始就是：看看如今失去生命的**她**，失去了什麼。她的身體、她的靈魂，她對生命那幸福洋溢的好奇心。有時候覺得生命本身才是失去最多的，才是真正的遺族，因為它再也無法感受到她幸福洋溢的好奇心。

當其他人畏縮地避開事實、真相，甚至於連名字也迴避不提，便會觸怒傷逝者。但傷逝者本身會吐露多少實情？又多常與他人一起串通逃避呢？因為他們摔落的事實不僅深及膝蓋，而是深及心臟、脖子、大腦，而且有時模糊不明，或者就算清晰明確，也難以言喻。我記得有個朋友罹患膽結石，做了移除手術。他說他這輩子沒有這麼痛過。他是個記者，經常要描述事物，我問他能否描述這種痛。他看著我，回想起往事眼泛淚光，沉默不語，找不到可以派得上一點用場的語句。在純粹對話的較低層級，也同樣無言以對。正當我傷心欲絕之際，有位相交不深的友人當著眾人的面問我：「你還好嗎？」我搖搖頭，暗示地點不適宜（隔著吵雜的午餐桌）。他不放棄，彷彿出於好意般，將問題問得更明確些：「不，我是說你自己還好嗎？」我擺擺手未回答，何況我根本覺得沒有自己，我根本離自己好遠好遠。其實我大可以草草敷衍過去，譬如回答：「心情起起伏伏的。」這會是個得體的、四平八穩的、很英國的回答。只不過傷逝者的感覺往往既不得體，也不四平八穩，甚至不像英國人。

你自問：在這片混亂的思念情緒中，我有多想念她？多想念我們在一起的日子？多想念她身上那份能讓我自在展現自我的特質？多想念簡單的伴侶關係？多想念（不那麼簡單的）愛？多想念這一一相互交疊的所有或任何片段？你自問：光是幸福的記憶有何幸福可言？而假如那份幸福向來只由共享的事物組成，到底又該從何幸福起？孤單的幸福——聽起來像句矛盾的片語，像個難以置信、永遠無法起飛的奇特裝置。

自殺的問題出現得很早，也十分合理。平常我會經過一段馬路，大多時候都只是遠遠看著，有一天忽然就冒出這個念頭來了。我會給自己X個月或X年（頂多兩年），然後如果還是不能沒有她，如果我的生活變得只是在消極地延續，我就會積極採取行動。我很快就知道自己偏愛的方法——一缸熱水、水龍頭旁一杯紅酒，和一把鋒利無比的日本雕刻刀。我時常想到那個解決之道，現在也還是。聽說（在傷慟與忍受傷慟之際總會「聽說」許多事情）想著自殺能降低自殺的風險，不知道是否真是如此。但對某些人來說，思考肯定有助於讓計畫更周密。所以，想著自殺應該是有利有弊吧。

有個朋友的伴侶在他們交往八年後死於愛滋，這個朋友跟我說了兩件事：「夜晚最難熬」以及「只有一個好處，就是你想做什麼就做什麼」。第一件事對我不成問題，只要服用正確的藥、正確的劑量就行了。不，問題其實在於**白天**更難熬。至於做自己想做的事，對我而言，通常就意味著和她一起做的事。若是有我想要獨自進行的事，部分原因也是為了享受事後向她講述的樂趣。再說，我現在想做什麼呢？我不想走完米迪運河。我的意願恰恰相反而且非常強烈，那就是待在家裡，待在她打造的空間裡，在我的想像中，她依然在這裡活動著。說到盡情觀賞任何一個可以訂閱的體育競賽節目，我發覺自己的需求非常特別。一開始的幾個月裡，我想看的都是幾乎影響不了我情緒的體育項目。我會享受——用這個動詞形容一種漫不經心的觀看態度似乎太過——比方說米德斯堡對上斯洛凡布拉提斯拉瓦的足球賽（最好是在錯過第一回合後看第二回合決賽），像這種低階的歐洲錦標賽大多只會激起米德斯堡和布拉提斯拉瓦民眾的興趣。我想看那種平常我漠不關心的運動賽事。因為現在的我只能冷漠以對，我已經沒有多餘的情緒可給。

我哀悼她的心純粹而不複雜。這是我的幸運，也是我的不幸。初期，腦海會浮現這些語詞：我想念她，在每個活動的時刻，也在每個閒散的時刻。我會反覆對自己說一些話來確認自己的所在與狀態，這便是其中一句。就像開車回家時，我會大聲地說：「我現在回家不是跟她一起，也不是回到她身邊。」以便為返家做好準備。就像有什麼東西壞了、破碎或遺失，我會安慰自己說：「就損失程度而言，這不算什麼。」但傷慟的唯我意識太強，我幾乎沒有想到過等級與差異，直到一位女性友人對我說她很羨慕我的傷慟。此話怎講，我問道。因為「如果X（她丈夫）死了，對我來說會更複雜。」她沒有深入詳述，也不需要。我心想：也許就某方面而言，我是幸運的。

頭一次離開她超過一、兩天時，是我到鄉下寫作，我發現除了所有可預料的方式之外（又或許是在這些方式之內），我也循規蹈矩地想念她。這個發現讓我吃驚，但也許無須驚訝。愛或許達不到我們的預期或希望，但無論結果為何，應該都能喚起莊重態度與真理。若非如此——倘若它的影響無關道德——那麼愛也只不過是一種誇張的歡愉形態。反觀與愛相反的傷慟，似乎並未占據道德的空間。它迫使我們在求生的慾望下採取防衛、蜷縮的姿勢，讓我們更加自私。這個位置不在高空，這裡沒有視野，你再也聽不見自己活著。

從前看報紙上的訃聞，我常常心不在焉地計算自己與死者的年齡差距，心裡暗忖：還有X年（或是已經少了X年）。現在看訃聞則會查看死者結婚多久了。看到結婚時間比我長的人，我會羨慕，卻很少想到他們每多一年，可能就多度過一年無聊或勞苦的可怕生活。我對那類婚姻不感興趣，我只想給他們幸福歲月。但接下來我還會計算他人鰥（寡）居的時間。比方，以電視選台器發明者尤金．波利為例。他的訃聞最後寫道：「波利之妻布蘭琪，與他結縭三十四年，於一九七六年辭世。」我暗想：結婚的時間比我長，又鰥居了三十六年。換言之，享受痛苦三十餘年？

我與某人只見過兩次面，他寫信告訴我說幾個月前，「他的妻子被癌症奪走了」（又一句刺耳的話，好像在說：「我們的狗被吉普賽人奪走了」，或是「他老婆被推銷員奪走了」。）他向我保證人一定能熬過傷慟，而且會變得「更堅強」，在某些方面也會變得「更好」。這話讓我覺得駭人聽聞，像在自我吹捧（也太過武斷）。少了她的我怎麼可能比和她在一起的我更好？稍後我尋思道：其實他只是應和尼采那句「凡殺不死我們的將使我們更強大」的說詞。說巧不巧，長期以來我一直認為這句名言特別似是而非。有很多事情殺不死我們，卻讓我們從此衰弱不振。我們可以問問那些為受虐者提供協助的人，問問那些強暴事件諮商師和那些處理家庭暴力的人，放眼看看那些被單純的日常生活折磨到情緒受創的人。

傷慟會改造時間，改造它的長度、它的結構、它的功能：這一天不會比另一天更具意義，那麼何必把它挑出來另外命名？傷慟也會改造空間。你進入了新的地域，該地圖是以新的製圖法繪製而成。你似乎是靠著十七世紀的一張地圖[35]分辨方位，那地圖上有失落沙漠、（無風的）冷漠湖、（乾涸的）荒涼河、自憐沼澤與（地下的）記憶窟。

在這塊新發現的土地上，只有感覺與痛苦有階級之分。誰從最高處跌落？誰在地上迸散出較多器官？只不過似乎很少這麼開門見山，這麼開門見山地傷心。此外，傷慟也有一種怪誕特質。你不再感覺到自己的存在是合理的，或正當的。你會覺得荒謬，就像納達爾在巴黎地下墓穴拍的照片中，其中一個經過打扮、四周頭骨環繞的假人。或是像那條喜歡吃沙發軟墊而不得不加以射殺的紅尾蟒。

我看著我的鑰匙圈（以前是她的），上面只有兩把鑰匙，一把是屋子前門的，一把是墓園後門的。我心想，這就是我的生活。我留意到奇怪的連續性：以前我會在她背上抹油，因為她皮膚很乾，如今則是在她變乾的橡木墓誌上抹油。但一種對事物模式的直覺卻似乎消失了。早年，伯納比從六米高的運動器材上跳下來，摔斷一條腿。莎拉晚年演出《托斯卡》時，從聖天使堡的城垛跳下，發現道具組竟忘了疊高床墊緩衝她的下墜力道，導致她摔斷一條腿。說到這個，納達爾在「巨人號」墜毀時摔斷了腿，我妻子也在我們家門前的階梯摔斷了腿。你會想，儘管以前看起來這應該只是個奇怪但無關緊要的巧合，但或許也堪稱一種模式，問題只在於高度，在於我們在各自的人生中跌得多深。說不定傷慟不僅摧毀所有模式，還摧毀了更多，例如相信有任何模式存在的信念。不過我認為，少了這樣的信念，我們無法存活。所以我們每個人都必須假裝找到，或是重新建立一種模式。作家相信自己的文字所創造的模式，並希望也堅信這些模式能加總成為想法、成為故事、成為事實。這向來是他們的救贖之道，無論有無傷慟。

35 此指法國女作家瑪德蓮·德·史居德里（Madeleine de Scudéry）的小說《克雷莉》（*Clélie*）中所附的「柔情地圖」（Carte de Tendre）。

先是尼采，接著是納達爾。上帝已死，再也不會看著我們。所以**我們**必須看著自己。納達爾給了我們距離、高度來做到這點。他給了我們上帝的距離，上帝的俯瞰圖。這景象的盡頭（目前）就是「地出」和從月球軌道拍攝的照片，在這些照片中，我們的星球看起來多少與其他星球並無不同（除了對太空人而言）：沉靜、旋轉、美麗、死寂、無關緊要。這也許就是上帝看到的我們，也是祂不現身的原因。當然，我並不相信有個不現身的上帝，只不過這樣的說法可以成為一個不錯的模式。

當我們殺死（或放逐）上帝，也同時殺死了自己。我們當下是否充分留意到這點呢？沒有上帝，就沒有來生，就沒有我們。當然了，殺死祂，殺死這個長期以來我們所想像的朋友是對的。反正本來就不會有來生。只是如此一來便鋸斷了自己蹲踞的高枝，而從那個高度看到的風景其實很不錯，儘管只是虛幻的景象。

我們失去了上帝的高度，得到了納達爾的，但也失去了深度。很久以前，我們曾經可以下探地府，到死者仍維持生活的地方。如今這個隱喻對我們不再有意義，只能真正地往下探索，例如探索洞穴、鑽礦等等。到訪的不是地府，而是地底。我們之中有些人到頭來還是會到地下去，不是很遠的地方，只有一、兩米深。只不過當你站在那裡朝棺蓋丟花，棺木的銅製名牌衝著你一閃一閃時，你會一時對深度比例感到錯亂。這個時候，眼前的景象看起來、感覺起來都比一、兩米更深得多。

有些人彷彿為了躲避這樣的深度，稍微重返高度，便透過火箭將骨灰送上天空，盡可能地靠近天堂。莎拉與同伴們歡喜地將壓艙物丟向地面上一群驚訝仰望的面孔——英國遊客，和一群參加喜宴的法國人。說不準，當某人猛見空中出現火箭而抬頭看的時候，已經被灑了一臉剛出火葬場不久的人類骨灰。將來，富有的名人無疑會將自己的骨灰送上地球軌道，或甚至月球軌道。

此外還有傷慟對比哀悼的問題。你可以試著以「傷慟是狀態，哀悼是過程」的說法加以區隔，但兩者的重疊無可避免。狀態是否在縮減？過程是否有進展？如何分辨呢？或許以比喻的方式來思考會容易些。傷慟是垂直的，且令人感到暈眩，哀悼則是水平的。傷慟讓你的胃液翻騰，讓你瞬間終止呼吸，切斷了大腦的血液供應，哀悼則將你吹往新的方向。但既然此時的你身在團團包圍的雲層中，自然分不出自己是受困了還是有移動的假象。你手邊沒有可拿來測試用的新奇小玩意，也就是綁在四十五米長絲線上的小降落傘。你只知道自己對事物的影響力很小。你是第一次飛行，獨自置身於球囊下方，帶了幾公斤的壓艙物，並且被告知你握在手裡這個前所未見的東西叫做氣閥繩。

一開始，出於熟悉、愛與對固定模式的需求，你會繼續做以前常和她一起做的事。不久，便驚覺自己被困在一個陷阱中：重複做著以前和她一起做的事，但現在少了她，因此想念她；或是做新的事情，從未和她做過的事，然後為了不同理由想念她。你強烈地感覺到自己失去了共同的語言，失去了那些暗喻、揶揄、捷徑、只有兩人才懂的玩笑、傻話、佯裝的譴責、示愛的注腳——這些全是充滿回憶的隱晦聯繫，但解釋給外人聽卻一文不值。

即使再放蕩不羈的伴侶，也會在共同的生活中建立模式，而且這些模式會以一年為一個周期。於是第一年將有如你從前習慣的一年生活的負像。原本大事密布的生活，如今全是掃興的事：聖誕節、你的生日、她的生日、相識紀念日、結婚紀念日。此外又加上新的紀念日：恐懼降臨的日子、她第一次跌倒的日子、她入院的日子、她出院的日子、她去世的日子、她下葬的日子。

你以為第二年不會比第一年更糟，想像自己已做好準備。你以為已經見識過所有被迫忍受的各種痛苦，接下來只是重覆罷了。可是誰說重覆就會比較不痛？最初的重覆誘使你認真思考未來幾年所有會出現的重覆。傷慟是愛的負像，假如多年下來能累積愛，那為什麼不會累積傷慟呢？

還是有一些新的痛苦只會出現一次，卻出乎意料之外，讓你猝不及防。例如，和七歲的姪孫女圍坐桌旁，看她玩著新遊戲「鬼出局」娛樂眾人。她會說：某某是鬼，出局，因為只有他或她是藍眼睛、穿褐色夾克，或養了金魚等等。忽然間，無非是出於孩子氣的邏輯吧，她冷不防地冒出一句：「朱利安是鬼，出局，因為只有他太太死了。」

隔了有一段時間，但我記得那一刻，或者應該說那個突如其來的論證，讓我自殺的可能性變小了。我發覺，如果她還活著的話，她就活在我的記憶中。當然了，她也強勢地存留在別人心中，但我是主要記得她的人。倘若她存在某個地方，那就是在我體內，被我內化了。這很正常。還有一點也屬正常，而且無可反駁：我不能自殺，否則也會同時殺死她。當我對她的鮮明記憶隨著浴缸裡的水變紅而逐漸褪去，她也將再死一次。所以，到頭來（至少到目前為止），這根本已是注定的事。就如同範圍更廣但相關的問題「我該如何活下去？」一樣，我必須依她希望的方式活著。

經過幾個月後，我開始勇敢挑戰公共場所，去看戲劇、聽音樂會、看歌劇。但我發現我對門廳產生懼怕，不是對空間本身，而是裡面的氣氛：帶著喜悅與期待心情的一般民眾等著享受歡樂時光的氣氛。我受不了那噪音與平靜正常的表象，簡直又是一車車對我妻子的死無動於衷的巴士乘客。只好和朋友約在劇院外，請他們像帶小孩一樣，帶我入座。一到了座位，我便感到安全，燈光暗了之後，更安全了。

我去看的第一齣戲是《伊底帕斯王》，第一齣歌劇是理查·史特勞斯的《艾蕾克特拉》。可是當我耐著性子看完這些冷酷無情的悲劇，看著被冒犯的眾神對人類施加難以忍受的懲罰，我並不覺得自己隨戲進入一個遙遠的、受恐懼與憐憫支配的古文明，反而像是伊底帕斯王與艾蕾克特拉向我走來，來到我的國度，來到我現今居住的新地域。萬萬想不到，我竟愛上了歌劇。在我的大半生中，這似乎是最令我難以理解的藝術型態之一。一來我不太能進入狀況（儘管認真讀過故事簡介），再者對那些穿得西裝筆挺來這裡郊遊、似乎將欣賞這類藝術視為家常便飯的人也抱有偏見，但最主要的還是無法作必要的跳躍。歌劇就好像劇情很難說服人、結構也很糟的戲劇，只聽到劇中人物彼此面對面，同時吶喊。第一個（理解上的）問題，有了字幕以後便解決了。但現在，處於黑暗的大禮堂與陰暗的傷慟中，這種型態的不可能性頓時煙消雲散。現在看到演員站在舞台上對著彼此唱歌，似乎十分自然，因為比起更高又更深的語言，歌曲是更原始的溝通方式。在威爾第的《唐卡洛》劇中，主人翁一在楓丹白露森林見到他的法國公主，便立刻屈膝跪地唱道：「我名叫卡洛，我愛妳。」**對呀**，我心想，沒錯，人生就是這樣，也應該這樣，就讓我們專注於重點吧。歌劇當然有劇情——我已迫不及待想看看那些即將開展在眼前的未知故事——但它的主要功能卻是以最快的速度將各個角色送到定點，讓他們可以唱出最深刻的情感。歌劇直搗核心，一如死亡。因此現在呢，我除了觀看米德斯堡對抗斯洛凡布拉提斯拉瓦時的恬適淡然，還存在著對某種藝術的強烈渴望，而在這種藝術中，激烈、無可抗拒、歇斯底里與毀滅性的情緒乃是常態，它試圖讓你心碎更甚於其他任何藝術形式。這便是我新的社交現實。

我到倫敦一間戲院看紐約的一齣歌劇直播，戲碼是格魯克的《奧菲斯與尤麗迪絲》。我事先做了功課，手捧著歌詞聽完全劇。我暗想：這根本不可能。有個人的妻子死了，他的悲傷感動了天神，便特許他下地府找到她，將她帶回人間。然而有一個條件：直到回到人世之前，他不能正面看她，否則就會永遠失去她。然後，他帶著她離開地府途中，她說服了他回頭看她，然後她死了，然後他再次為她哀慟，甚至更加感人，並拔劍自刎，接著愛神被他對妻子的深情打動，而讓尤麗迪絲重生。唉，別傻了，**真是的**。不是關於眾神的存在或行為——這些我倒是輕易就能相信——而是事實上沒有一個神智正常的人，會明知道後果還轉頭去看尤麗迪絲。不止如此，奧菲斯的角色最初由閹伶或假聲男高音扮演，但今日改由女扮男裝，這齣戲裡則由一名身形巨大笨重的女低音飾演。但我實在太低估這齣歌劇了，它以最完美的手法將傷逝者當成了目標，在那間戲院裡，藝術的神奇技法又再次登場。奧菲斯**當然**會回頭去看苦苦哀求的尤麗迪絲——怎麼可能不呢？因為，雖然「沒有一個神智正常的人」會這麼做，但他在愛、傷慟、希望交迫下已然神智不清。你會在一瞥之間失去全世界？當然會了。讓人在適切的情況下失去它，這正是世界的用處。當尤麗迪絲的聲音在背後響起，有**誰**能遵守誓言呢？

奧菲斯下地府時，眾神為他設定了一些條件，他必須接受這場交易。死亡往往會激發出我們內在討價還價的天性。多少次你曾在書本或電影中看到，或在一般的生活敘述中聽到某某人答應上帝（或者不管在那上頭的是誰），只要祂赦免他或他愛的人，或他二人，他就會如何如何？輪到我的時候，在那充滿驚懼的三十七天當中，我從未動過討價還價的念頭，因為在我的宇宙中沒有討價還價的對象，從前沒有，現在也沒有。我願意拿我所有的書換她一命嗎？我願意拿我自己的命換她的命嗎？說願意很容易，這些都是辭藻華麗、假設性的、歌劇般的問題。孩子會問：「為什麼？為什麼嘛？」不退讓的父母只會回一句：「不為什麼。」因此，當我駛向那座鐵路橋，我會固執地重覆同一句話：「宇宙只是做它該做的事。」這麼說是為了避免被虛幻的希望與沒有意義的兜轉所誤導。

我認識的基督徒少之又少。我對其中一人說她病得很重，他回答說他會為她禱告。我沒有反對，但是在快得驚人的時間內，我便不無諷刺地通知他說他的神似乎不夠力。他回答道：「你有沒有想過她本來可能會更痛苦？」啊，我心想，原來你那個蒼白的加利利人[36]和他老爸只有這點能耐。

與此同時，我從底下經過的那座鐵路橋也慢慢變得不只是一座橋而已。它的興建是為了將「歐洲之星」引入新的倫敦終點站聖潘克拉斯車站。從滑鐵盧車站遷移至此是比較方便，我經常想像我們一起搭上列車，前往巴黎、布魯塞爾與更遠的地方。但不知為何，我們從未搭過，以後也永遠沒機會了。於是這座本無惡意的橋最後象徵了我們所失去的一部分未來，象徵了生命中我們再也無法一起經歷的所有衝刺與片段與徘徊。但它也象徵著過去未做的事，例如未履行的承諾，例如疏忽大意與冷漠無情，諸多不足的時刻。我開始對這座橋又恨又懼，卻從未改變過路線。

約莫一年後，我又看了一次《奧菲斯與尤麗迪絲》，這回是現場看，而且演員是現代裝扮。這齣戲一反慣例，以尤麗迪絲之死開場。在一場雞尾酒會上，大夥其樂融融，可以推斷那位穿著紅色連身裙、眾人讚嘆不已的人正是她。忽然間，她倒地不起。賓客圍在她身旁，奧菲斯跪下來照護她，但她在往下墜，逃無可逃地，從木地板的一扇活動門緩緩落下。他伸手抓住她，試圖將她拉回，但她從他的指間、從她的裙衫裡溜走了，留下他在舞台上，手裡只抓著一長條空空的布。

演員穿上現代服裝，歌劇依然能運作它的魔法。可是穿著現代服裝的我們，卻不可能是奧菲斯，或是尤麗迪絲。我們失去了舊有的隱喻，必須再找新的。我們不能像他那樣到地府去，所以就得以不同的方式下去，以不同的方式帶她回來。我們仍然可以在夢中下去，可以在回憶中下去。

36 加利利人指的是耶穌基督，加利利為其故鄉。

起初，夢比回憶可信、安全，這簡直是不可能的事（但話說回來，在這一切當中又有什麼是可能的呢？）。到夢中來的她，外觀舉止都非常像原來的她。我自始至終都知道那是她——她平靜、被逗笑、快樂、性感，因此我也一樣。夢境迅速而規律地進入一種模式。我們在一起，她的健康狀況明顯良好，於是我想——不對，既然這是夢，應該說我知道——要不是她被誤診，就是她奇蹟般地康復了，或者（至少）不知因何故死期延後了幾年，我們又能繼續一起生活。這個幻覺持續了一陣子。但我又想——不對，既然這是夢，應該說我知道——我一定是在作夢，因為她其實已經死了。夢醒後，我對這個幻象感到快樂，可是一旦真相終結了幻象，又不免驚慌。於是我再也不曾試著重新進入那個夢境。

有些晚上關燈之後，我會提醒她最近都沒有到我夢裡來，而她往往會現身作為回應（又或者，現身是「她」作的「回應」——我從無一刻認為這一切不是由自心而生）。有時在這些夢中我們會親吻，情節裡總會有一種笑聲盈盈的輕鬆愉快。她從不責備或訓斥我，或是讓我覺得內疚或輕忽（不過既然我認為這些夢都是由自心而生，自然也得將它們視為出於一己之私，或甚至是自我陶醉）。夢之所以如此，或許是因為真正活著的時刻，已經有夠多的悔恨與自責。但這些夢向來是一股安慰的源頭。

尤其是因為試圖循記憶而下時，總會失敗。有很長一段時間，我都回想不起她去世那年年初以前的事。唯一能想到的是一月到十月間，有三星期在智利和阿根廷，並在一片高大的智利南洋杉樹林裡度過我的六十二歲生日，林間到處是歡騰蹦跳的阿根廷啄木鳥。接著恢復正常生活，隨後到西西里度假健行，還有我們最後的一些共同回憶：大茴香與遍布山坡的野花，一幅安托內羅・達・梅西那[37]的畫與一

37 安托內羅・達・梅西那（Antonello da Messina），義大利文藝復興時期畫家。

隻絨毛豪豬，一個小漁鎮裡到處是騎著摩托車噗噗響，慶祝國際偉士牌大會師的民眾。不料，回程途中，憂慮、恐懼上升、瞬間墜跌。我記得她衰退的每一個細節，她入院、返家、垂死、下葬的時間。但就是無法回到一月以前，我的記憶彷彿燃燒殆盡。她一位喪偶的同事安慰我說這不算不尋常，說我的記憶會再回來，只是我生活中百分之百的事情所剩無幾，凡事雜亂無章，所以我對此話存疑。當一切都發生過了，怎麼還會再發生什麼呢？因此她好像又再度從我身邊溜走，我先是失去現在的她，後來我又失去過去的她。記憶——心的影像檔——失去了作用。

這個時候，那沉默的一群更令人不快了。他們不明白（他們怎能明白呢？）自己在你的生活中有了新的功能。你需要你的朋友不只是當朋友，還要當證人。你昔日生活的主要目擊者，如今已然無法開口，追憶時難免心生疑慮。所以你需要他們告訴你，說他們見過你們倆以前的樣子，不管是多麼倉促的一瞥，不管是多麼地不經意。不僅是從內的了解，還有從外的觀看：以一種你目前自己無法做到的精準來目睹、證實與記憶。

然而我清清楚楚記得最後一些事。她最後閱讀的書。我們最後一起去觀賞的戲劇（還有電影，還有音樂會，還有歌劇，還有藝術展覽）。她最後喝的葡萄酒，她最後買的衣服。最後一次出城度週末。最後一次睡的不屬於我們的床。最後的這個，最後的那個。我最後寫的一篇逗她發笑的文章。她自己最後寫的文字，她最後的簽名。她回家後我最後放給她聽的音樂。她最後說的完整句子。她最後說的一個字。

一九六〇年，我們的一位美國朋友是當時旅居倫敦的年輕作家，有一次她在旅行家俱樂部吃完下午茶後，與作家艾薇・康普頓—柏奈特共乘計程車回家。一開始，康普頓—柏奈特以正常的交談口氣和我們這位朋友閒聊，聊俱樂部、聊邀請她們去的人、聊食物等等。接著，她的頭微微轉向，但口氣絲毫未變，竟開始和她三十年的伴侶瑪格莉特．喬丹[38]說起話來。喬丹不僅根本沒和她們去俱樂部，甚至早在一九五一年就逝世了，但對她而言沒有差別。她就是想跟她談天，而且接下來談了一整路，直到回到南肯辛頓區。

我覺得這相當正常。當孩子有自己想像的朋友，我們並不吃驚，那麼成人也有這樣的朋友，又何必訝異？再說這些朋友也是真實的。

波納爾[39]常常將他的模特兒／情婦／妻子瑪特畫成裸身沐浴的年輕女子，即使她已不再年輕，他還是這麼畫。在她死後，他依然這麼畫她。大約十或十五年後，有一位藝術評論家在倫敦看過波納爾的畫展後說這是「病態」。即便在當時，我也不以為然，覺得此舉再正常不過。

康普頓—柏奈特以一種「顯而易見又憤怒的激烈情緒」思念喬丹。她給一位朋友的信中寫道：「真希望你認識她，那麼就能多認識我一點。」受封為大英帝國女爵士後，她寫道：「我最想念的人瑪格莉特．喬丹，去世至今已十六年，有些事我仍然得告訴她……如果她不知情，我就不算是真正的女爵士。」此話不假，也描繪出傷逝者的失落。你會不時報告一些事，好讓心愛的人「知情」。你或許會意識到這是在欺騙自己（但既然意識到了，便也不算欺騙自己），卻仍繼續。此後你所做的一切或可能有的成就，都變得更空洞、更薄弱、更無關緊要。聽不到回聲，沒有質地、沒有共鳴、沒有景深。

由於曾經參與過字典編纂工作，我比較注重說明而非規範。英語始終處於一種變動狀態，從來沒有一段黃金時期是字詞與意義相符，而語言本身也像乾砌石牆一

38 艾薇．康普頓—柏奈特（Ivy Compton-Burnett）、瑪格莉特．喬丹（Margaret Jourdain）皆為英國作家。

39 波納爾（Pierre Bonnard），法國畫家，後印象派創始成員之一。

樣穩穩屹立不搖：字詞總是誕生、存活、衰退、死亡——這只是語言宇宙在做它該做的事。然而，我身為作家，平常又是個有偏見的英語系公民，我的不平與牢騷可不輸給任何人，例如，當有人認為「decimate」（大批殺害）與「massacre」（屠殺）同義，或是弱化了「disinterested」（無私的／不感興趣的）不同意義間的區別（此區別自有其用意）的時候。現今，除了「過去了」和「妻子被癌症奪走了」之外，形容詞「uxorious」的誤用也令我著惱。若是不小心的話，會變成形容「一個多妻的男人」，或甚至是「處處留情的男人」（這類曖昧語句）。但它不是這個意思，它是形容一個愛妻子的男人——不管將來字典怎麼編，都會是這個意思。就像荷東這樣的男人，他深愛妻子卡蜜兒．法特，並為她畫了三十年畫像。一八六九年，他寫道：

> 從伴侶或妻子可以看出一個男人的本質。每個女人都能詮釋愛她的男人，反之亦然，男人也詮釋了女人的性格。很少有旁觀者不會發現他們之間有眾多

親密與細膩的連結。我相信最大的幸福總是源自於最充分的和諧。

他不是以一個自滿的丈夫，而是以單身旁觀者的身分寫出這段話，早在他認識卡蜜兒的九年前。他們於一八八〇年結婚。十八年後再回顧，他省思道：

我深信我在婚禮當天所說的「願意」，是我一生以來最徹底也最清晰明瞭的肯定句。在我的職業生涯中，從未感受過如此絕對的肯定。

小說家福特．馬多克斯．福特說：「結婚是為了延續對話。」那麼，何苦讓死亡將它中斷？評論家孟肯[40]與妻子薩拉結婚四年又九個月後，她去世了。鰥居五年

40 福特．馬多克斯．福特（Ford Madox Ford），英國作家、詩人、編輯。孟肯（H. L. Mencken），美國記者、評論家、語言學家。

後，他寫道：

> 我確確實實依然每一天，且幾乎是每一刻都想念著薩拉。只要看見她可能喜歡的東西，就會想買下來帶回去給她，而且隨時隨地都想要告訴她一些事情。

尚未跨越過傷慟回歸線的人，往往無法理解：某人死了或許意味著他不在人間，卻不代表他不存在。

因此我經常和她說話。我覺得這很正常，也有必要。我會評論自己正在做的事（或是一天裡頭做過的事）；我會在開車的時候指一些東西給她看；我會大聲說出她的回答。我將我們已消失的私密語言保留了下來。我揶揄她，她也反過來揶揄我，這些台詞我們都牢記在心。她的聲音讓我感到平靜，給予我勇氣。我望著書桌上她的一張小照片，裡頭的她露出略帶質疑的表情，無論她可能在質疑什麼，我都會回答。遇到平淡的家庭問題，經過簡單討論會輕鬆一點：她讓我更堅信浴室踏墊太不像樣，應該丟了。外人可能會覺得這是個古怪、「病態」或自欺的習慣，但所謂「外人」的定義，就是尚未體驗過傷慟的人。我能輕易而自然地讓她外顯，因為現在我已將她內化了。傷慟的矛盾在於：失去她之後我能存活四年至今，那是因為這四年當中有她在。她積極的存續否定了我稍早的悲觀主張。在某些方面，傷慟終究還是可以變成一個道德空間。

雖然跟她說話時她總會回應，我的腹語術還是有其限度。關於以前發生過或是近乎重覆的事，我可以記得（或是想像）她會怎麼說，但對於新事件的反應，我便無法代她發聲。第五年即將開始時，好友的兒子自殺了，他原是個有禮、開朗的男孩，卻長成有禮、苦惱的男人。雖然已有傷慟的基礎，我竟然還是張皇失措，連續幾天都無法對這個可怕的死訊作出確切的反應。後來我才明白為什麼，因為我無法跟她談、聽到她的回答、重現並比較我們共同的回憶。在失去她的同時，我也失去各類同伴，這又是一類：一起哀傷的同伴。

有個朋友送給我義大利作家安東尼奧．塔布齊的《佩雷拉先生如是說》，這本小說以一九三八年的里斯本為背景，主要探討的是死亡與回憶。書中主角是個愛妻的記者，他的妻子在幾年前死於肺癆。如今體重過重、健康狀況不佳的佩雷拉，住進了卡多索醫師開的海療診所。卡多索是故事中一個粗魯又世俗的「聰明人」，他建議病人必須斬斷過去，學著活在現在，並警告他：「你要是再這樣下去，最後會跟老婆的照片說起話來。」佩雷拉回答說他一直都是這樣，到現在也還是：「所有發生的事我都會跟照片說，它好像也會回答我。」卡多索鄙視地說：「這些都是受超我支配的幻想。」這個過度自信的醫生堅稱佩雷拉的問題就在於他「還沒有做好療傷工作」。

療傷工作。這個名稱涵蓋兩個部分，充滿信心，聽起來是那麼清楚扎實的概念，其實卻是易變、難以捉摸、具隱喻性。有時是被動，只是等著時間與痛苦消失；有時是主動，有意識地專注於死亡、失落與心愛的人；有時是出於必要的分心（乏味的足球賽、氣勢排山倒海的歌劇）。而你以前從未做過這種工作。沒有酬勞，卻也不是出於自願；規定嚴格，卻沒有監督者；需要技巧，卻沒有實習期。而且很難看出自己有沒有進步，或是能借什麼事物為助力。年輕人的主題曲（至上女聲三重唱主唱）：「愛不能急」。年長者的主題曲（適合任何樂器的編曲）：「傷慟不能急」。

對此感受會更深刻是因為在不斷反覆之際，它總會尋找新的方式來刺痛你。有一位剛果來的郵差尚皮耶為我們送信多年，我經常和他閒聊。在她去世前一、兩年，他改換了新的送信路線。在「第三年」的某天，我又再度與他巧遇。我們客套地寒暄了幾句，接著他便問道：「Et comment va Madame（太太好嗎）？」「Madame est morte（太太死了）。」我脫口便說，然後當我向他解釋、面對他的震驚，邊說心裡邊想：現在又得用法語從頭說一遍了。這是一種全新的痛苦。像這樣擦邊側擊的時刻持續出現。「第四年」將近尾聲的某天深夜十一點過後，我搭計程車回家。這種時候我總會想念她——沒有人友善地聽取報告、沒有人在一旁沉默困頓、沒有人讓我握著手。快到家的時候，司機開始和我聊天。氣氛愉快、話題平淡，直到他愉快地問道：「你太太應該睡了吧？」我沉默哽咽片刻後，才說出我唯一能想到的回答。「但願如此。」

當然，並非人人都重視愛妻子的特質。有人認為這是怯懦，也有人認為這是占有慾太強。我們將奧菲斯變成值得效法的榜樣，但在古人看來完全不是這麼回事。他們認為他若是如此思念妻子，就應該以自殺這種迅速而傳統的方法，趕緊到地府與她相會。柏拉圖很鄙視他，覺得他是個膽小懦弱的吟遊詩人，不敢為愛赴死，眾神處置得對極了，活該讓他被一群崇拜酒神的狂女給分屍。

你需要確認自己身在何處，以及下方的地形如何，但是從氣球上勘查，從未真正有過成功案例。別人會伸出援手（或是抱著希望）為你記錄你的飛行位置。他們會說：「啊，你看起來好些了。」或甚至是「好多了」。疾病用語，難免。診斷很簡單，總是一成不變。但預後呢？你生的完全不是一般的病，頂多就是健康狀況衰退的諸多形式之一，有些人還不肯相信真有這些狀況存在。心存懷疑的人是在暗示：「拋開你的傷痛，我們就都能回到過去，假裝死亡並不存在，或至少已經悠然遠去。」有一回，一位記者朋友被主編發現坐在辦公桌前哭泣。她解釋的原因大家都已經知道：她父親在六週前過世了。主編回答說：「我以為你已經熬過了呢。」

你預期應該在什麼時候「熬過」呢？傷逝者本身幾乎無法判別，因為現在比以前更難衡量時間。過了四年，有人對我說：「你看起來快樂些了」——「好些了」的進階版。大膽一點的人還會加上一句：「你有新對象了嗎？」就好像這是明顯也是必然的解決方式。對某些外人是這樣沒錯，有些則不然。有些人好心想要為你「解決」，有些人則仍依戀著那對已不存在的夫妻，在他們看來，「有新對象」幾乎是一種侮辱。「那應該就像自己的爸爸再婚吧。」我一個較年輕的朋友這麼說。相反的，我妻子去世不到三星期，她的一位美國老友對我說，根據統計，婚姻生活幸福的人會比不幸福的人更快再婚，經常都會在六個月內。她是想為我打氣，但這個事實令我震驚——如果這果真是事實的話（也許這數據只適用於美國，在那裡，情緒上的樂觀是憲法規定的義務），感覺好像既是百分之百合理，又百分之百不合理。

四年後，同一個朋友說：「她已經成為過去的一部分這件事，讓我好生氣。」即使對我來說此話尚未成真，語法也如同其他一切，開始改變了：她並不真的是現在式，也不完全是過去式，而是介於兩者之間的過去現在式。也許正因如此我才會那麼喜歡聽到關於她的新鮮事，哪怕是再小的事也無妨：一段未被告知的往事、她多年前提出的一個建議、重現一個與平時一樣生氣勃勃的她。她出現在別人夢裡時，我會代她感到興致高昂——她的舉止打扮為何、她吃些什麼、現在的她和過去的她差別多大，還有我是否跟她在一起。像這樣的短暫時刻讓我興奮莫名，因為可以讓她暫時重新扎根於現在，救她脫離過去現在式，即使終究還得再溜入歷史過去式，能稍微拖延片刻也是好的。

約翰遜博士[41]十分了解傷慟那「折磨人又煩擾人的匱乏感」，並對孤立與退縮傾向提出警告。「企圖將生活保存在中立與冷漠的狀態，既不合理，也是徒勞。假如屏除喜樂就能隔絕傷慟，這計畫倒是值得加以認真研究。」但並非如此。就連其他的極端手段也無效，諸如企圖「強把心拖進歡鬧場景」，或是反其道而行，「讓心知悉更可怕而悲苦的慘況，試圖讓它平靜下來」。對約翰遜而言，只有工作與時間能減緩傷慟。「憂傷是一種靈魂的鏽蝕，每當有個新想法通過，都有助於清除。」

療傷工作者是自雇者。不知道實際生活中的自雇者是否能做得比辦公室或工廠裡的雇員更好。說不定這也有統計數據。但我想傷慟是個缺乏數據的地方。詩人奧登悼念葉慈的死，寫道：「我們所有的儀器都一致顯示／他死在一個寒冷陰暗的日子」。關於那天，儀器只能告訴我們這麼多。但之後呢？再來呢？標度盤上的指針脫落，溫度計失準，氣壓計爆裂。人生的聲納故障了，你再也無法判定海床在底下多深的地方。

我們在夢裡往下潛，在記憶裡往下潛。沒錯，較早的記憶的確會回來，卻同時也讓我們害怕，而且我不確定回來的會不會是相同的記憶。怎能確定呢？因為當時也在場的人已無法做證。我們做了什麼、去了哪裡、遇見了誰、有何感覺、我們如何相處，等等一切。「我們」如今已稀釋成「我」。雙目記憶成了單眼記憶。如今再也不可能利用三角測量、航空測量，將兩個對同一事件不太確定的記憶，組合成比較確實的單一記憶。於是如今以第一人稱單數敘述的那段記憶改變了。與其說是某事件的記憶，倒不如說是該事件的照片的記憶。在失去了高度、精確度與焦點的今日，我們再也沒有把握能像以前那樣信任攝影。以前較快樂的時光那些老舊熟悉

41　薩繆爾・約翰遜（Samuel Johnson），英國著名文人，人稱「約翰遜博士」，獨力花了九年時間編成一部字典。

的快照，似乎變得比較不像原版，比較不像生活本身的照片，而像是照片的照片。

或者，換個方式說吧，你對你（昔日）生活的記憶，便有如伯納比、柯威爾上尉與路西先生在泰晤士河口附近所目睹的平凡奇蹟。他們身處雲層之上、太陽之下，伯納比才剛剛壯起膽子脫下外套，穿著襯衫得意端坐。三人當中的一人先看到這現象，隨後告知另外兩人。陽光將他們整體的影像投射在下方如棉絮般的雲層上：球囊、吊籃，還有三名飛行員輪廓清晰的身影。伯納比將它比擬為「巨照」。我們的人生也是如此：那麼清晰、那麼確實，直到某個原因發生（氣球移位、雲層消散、陽光角度改變），影像便從此消失不見，只能從記憶中求取，變成佚事。

威尼斯有個男人讓我記憶深刻，彷彿為他拍了照似的，但也或許因為沒有拍照才會記得更清楚。那是幾年前的深秋或初冬時節。我和她在一個觀光客不多的城區閒晃，她走在我前面。我正要越過一座平凡無奇的小橋時，看見一個男人朝我走來。他很可能六十來歲年紀，穿得非常正式，我記得是一身時髦的黑色大衣、黑色圍巾、黑色鞋子，也許留了一撇小鬍子，也很可能還戴了帽子，一頂黑色翹邊帽。他有可能是威尼斯的律師，對遊客肯定看都不會看一眼。但我看了他一眼，因為到了橋上低低的拱頂處，他掏出一條白色手巾擦眼睛，不是漫不經心地，也不是為了什麼實際理由——我很確定不是因為寒冷——而是一種緩慢、專注、熟悉的舉動。我當時試著想像他的故事，後來也是，有時還半打算將它寫出來。如今，不再需要了，因為我已經將他的故事與我的故事同化，他融入了我的模式。

還有孤單的問題。但話說回來，這不是像你想像的那樣（如果你曾經試著去想像的話）。孤單有兩大類：一種是找不到人可愛，一種是失去心愛的人。前一種比較慘。什麼也比不上青春期靈魂的孤獨。我記得第一次造訪巴黎是在一九六四年，當時我十八歲。我每天執行我的文化任務，逛畫廊、博物館、教堂，甚至買了喜歌劇院最便宜的票（我還記得那讓人無法忍受的燠熱、無法忍受的視線和無法理解的歌劇）。我孤孤單單，在地鐵、在街上、在公園裡，我會一人坐在公園長椅上讀沙特的小說，內容八成是關於存在的孤獨。即使和對我友善的人在一起，還是覺得孤單。如今回想那幾個星期，才發現我從未往上爬——艾菲爾鐵塔看起來就像一座荒謬，且熱門得荒謬的建物——不過倒真是往下走了。就跟一百年前帶著相機的納達爾一模一樣。我也造訪了巴黎的下水道，從阿爾瑪橋附近的某處搭船入內觀光，並且從丹費．羅什洛廣場進入地下墓穴，手裡的燭光照亮了整齊堆疊的大腿骨和扎實立體的頭蓋骨。

有一個德文字「Sehnsucht」，在英文找不到對應單字，意思是「渴望某樣東西」。這其中兼有浪漫主義與神祕的意涵。C．S．路易斯為它下的定義是：人心「為了不明原因而產生無法滿足的渴望」。能夠明確說出難以言明之物，看起來倒是頗具德國特色。渴望某樣東西，或是像我們這樣，渴望某個人。「Sehnsucht」描述的是第一類孤單。但是第二類來自相反的狀況：特定某個人的缺席。與其說是孤單，不如說是少了她做伴。正因為這個明確性才會誘發以熱水和日本雕刻刀來進行的撫慰計畫。雖然現在有堅定的反自殺主張，誘因卻仍在：要是少了她就什麼都對付不來，乾脆對付我自己。不過現在我至少比較知道該聽哪些明智的聲音。「治療孤單就要離群索居。」美國女詩人瑪麗安・摩爾如此建議。彼得・葛萊姆[42]則唱道：「我孤單生活，習慣成自然。」這類話語有一種平衡感，一種撫慰人心的和諧。

「失去的有多寶貴，心就有多痛，所以應該也可以說人在享受痛苦吧，我想。」這句話的後半段讓我有踢到硬物的感覺，似乎有種不必要的受虐心態。現在我知道這話中含有真理。假如不是真正享受痛苦，這痛苦似乎便無用了。痛苦表示你沒

42　英國作曲家班傑明・布列頓（Benjamin Britten）歌劇作品《彼得・葛萊姆》（*Peter Grimes*）的主人翁。

有忘記，痛苦能增進記憶的香甜，痛苦是愛的證明。「本來不在乎的，現在也不會在乎。」

但是傷慟有許多陷阱與危險，而且不會隨著時間遞減。自憐、孤立傾向、蔑視世人、自以為與眾不同：全都是虛榮的展現。看看我多痛苦，別人多麼無法了解，這不就證明了我愛得有多深嗎？也許是，也許不是。我曾經在葬禮上見過「佯裝傷慟」的人，再也沒有比那更空虛的景象了。哀悼也可能變得具有競爭性：看看我有多愛她／他，我用這麼多淚水證明了（並獲得獎牌）。就算沒說出口，也會忍不住令人有一種感覺：我從比你更高的地方摔下來，不信可以檢視我碎裂的內臟。傷逝者會索求同情，但只要自己居首的地位受到挑戰便感到厭煩，實在低估了蒙受同樣損失的其他人的痛苦。

將近三十年前，我在一部小說中，試圖想像一個六十幾歲的男人喪妻的心情。

我寫道：

她死的時候，一開始你並不驚訝。為死亡做準備是愛的一部分。當她去世時，你感覺到你的愛更加堅定。你調整好心情。這是必要的一部分。

之後，瘋狂接著而來。然後是孤單，不是你原本預期的那種戲劇性的寂寞孤獨，也不是鰥居期那種有趣的苦難，就只是孤單。你以為會是類似地質學的東西——在傾斜峽谷中的暈眩感——但不是，就只是像工作般規律的苦痛……有人說你會走出來……你的確走出來了，沒錯。只是不像火車開出隧道，衝過大草地來到陽光下，又飛快地、轟隆隆地潛入海峽；而是像隻脫離海面油污的海鳥，一輩子身上都裹著油黏著羽毛[43]……

43 舊日的一種私刑，今比喻嚴厲懲罰。

我在她的葬禮上朗讀這段文章，地上鋪著十月雪，我左手撫著她的棺木，右手拿著翻開的（獻給她的）書。我書中鰥夫主角的人生（與愛情）和我不同，喪偶的情形也大不相同。但我只須從一句中掐去幾個字，用在我身上竟似乎準確無誤。直到後來，作家才開始有了自我懷疑：也許我不是為小說主角虛構了正確的傷慟情緒，我只是預測了自己可能會有的感覺——這會簡單一些。

三年多來，我持續以同樣的方式、根據同樣的敘述夢見她。後來出現一種「超越之夢」，似乎打算終結這一系列的夜工，但這樣的結局並未出現——一如所有的圓滿結局。在我的夢中，我們在一起，在某個開闊的空間一起做些什麼，十分開心——正如我已經習慣的模式——但突然間**她**發覺這不可能是真的，肯定是個夢，因為**她**現在知道自己已經死了。

作這個夢我應該高興嗎？因為它提出了最後一個令人痛心疾首又無法回答的問題：何謂「成功」的哀悼呢？是該記得還是該遺忘？是該靜止不動還是繼續向前？抑或是兩者以某種方式組合。要能夠將失去的愛牢記在心，未加扭曲嗎？要能夠像她所希望的那樣（其實這是個模糊地帶，可以讓憂傷者在其中自由來去）繼續生活嗎？那之後呢？心怎麼辦——它需要什麼、想尋找什麼？要有某種形式的自給自足，避免中立與冷漠嗎？然後再發展一段新的關係，並從懷念失去的人當中獲取力量？這便有如在兩個世界都想求取最好的結果——不過既然你剛剛承受了單一世界裡極致的悲慘，或許會覺得自己有此權利。但是權利——對某種宇宙（或甚至動物）回饋系統的信念——又是另一種錯覺、另一種虛榮。為什麼非得有某種模式不可呢？尤其是在這裡？

有些時候似乎會呈現某種進步。當淚水，日日無可避免的淚水停止時。當專注力恢復，又能像以前一樣看書時。當門廳恐懼消失時。當遺物處置能著手進行時(倘若情況有所不同,奧菲斯應該會將那件紅裳捐給慈善機構)。接下來呢?你在等什麼?在找什麼?當生活從歌劇返回寫實小說的時刻。當你依然經常從底下經過的那座橋變成只是另一座橋時。當你事後回顧,將朋友們有些過關、有些失敗的考驗結果取消時。當自殺的意圖終於消失時——倘若真有這麼一刻。當你重拾開朗與喜悅時,儘管你會發現開朗變得比較脆弱,喜悅也是今非昔比。當傷慟變成「只是」記憶中的傷慟——倘若真有這麼一刻。當世界回復到「只是」世界,生活的感覺又像是再次回到平地上,平平實實。

這些聽起來都像是清楚的指標,像是一個個等著打勾的空格。可是哪怕有些許成功,當中仍有無數失敗、無數累犯的習慣。有時候,你會想繼續愛這份痛。在這之後,又有一個問題清晰地顯現在雲端:「成功」的傷慟、哀悼、憂傷,是一種成就?或只是一個新的特定條件?因為這似乎與自由意志的概念無關,決心與美德的特質——療傷工作獲得回報的想法——好像放錯位置了。說不定,這次,與疾病的類比可以成立。針對癌症患者所作的研究顯示，心態對於臨床結果的影響微乎其微。也許可以說我們在對抗癌症，其實純粹是癌症在對抗我們；也許可以認為是我們打敗了它，其實它只是轉移方位重新聚集。這一切都只是宇宙在做它該做的事，而我們就是它下手的目標，因此，或許會有傷慟。我們想像自己在與它奮戰，決心堅定、克服了憂傷、刷去了靈魂的鏽垢，其實只是傷慟移往他處，轉換了興趣。雲原本就不是我們招來的，如今也無力驅散。事實是：忽然間，不知從哪吹起一陣微風，我們又動了起來。但我們會被帶往何處？艾塞克斯？日耳曼洋？又或者如果是北風的話，也許運氣好一點，能到法國去。

朱利安・拔恩斯年表

一九四六年	出生於蘭徹斯特。雙親皆為法文老師。
一九五六年	全家遷至米德爾薩克斯。
一九五七年	進入倫敦市立學校就學。
一九六四年	進入牛津大學莫德林學院現代語文學系就讀。
一九六八年	從牛津大學畢業後，任牛津字典編纂工作。
一九七一年	擔任《新政治家》雜誌、《新評論》雜誌的評論及文學編輯。
一九七八年	認識派特・卡凡納。

一九七九年　與派特結婚。派特也擔任拔恩斯的文學經紀人。擔任《新政治家》和《觀察家報》的電視評論。

一九八〇年　發表首部小說《*Metroland*》，展現拔恩斯後來經常運用的三段架構筆法，獲文壇矚目。隔年憑此作獲毛姆文學獎。一九九七年改編為同名電影，由克里斯汀．貝爾、艾蜜莉．華森主演。

一九八二年　發表小說《*Before She Met Me*》。

一九八四年　發表小說《福婁拜的鸚鵡》，進入當年布克獎決選，隔年獲費伯紀念文學獎。小說以文豪福婁拜的生平為主題，虛實交雜，三條主線交相輝映，打破傳統敘事結構。本書獲得絕佳讚揚，尤其在福婁拜的家鄉法國。此書的成功讓拔恩斯躋身當代最傑出作家之列。

一九八六年　發表小說《*Staring at the Sun*》。獲美國藝術暨文學學會頒發E.M.福斯特獎。

一九八八年　獲頒法國藝術與文學騎士勳章。

一九八九年	發表短篇小說集《*A History of the World in 10½ Chapters*》。
一九九一年	發表小說《*Talking It Over*》，隔年榮獲費米那外國文學獎。一九九六年改編為法文電影《*Love, etc.*》，女主角夏綠蒂・甘絲伯獲凱薩獎最佳女演員提名。
一九九二年	發表小說《*The Porcupine*》。
一九九三年	獲頒莎士比亞獎。
一九九五年	獲頒法國藝術與文學軍官勳章。
一九九八年	發表小說《*England, England*》，進入當年布克獎決選。
二〇〇〇年	發表小說《*Love, Etc.*》，本書接續《*Talking It Over*》的故事，可視為續集。
二〇〇四年	獲頒奧地利國家歐洲文學獎、法國藝術與文學司令勳章。
二〇〇五年	以亞瑟・柯南道爾為主人翁，發表小說《*Arthur & George*》，進入當年布克獎決選，二〇〇七年入圍國際IMPAC都柏林文學獎。本書大受主流市場歡迎，成為紐約時報排行榜暢銷書。數次改編舞台劇、電視劇。

二〇〇八年	派特因腦瘤過世，從確診到離世僅三十七天，享壽六十八歲。
	獲頒聖克萊門特文學獎。
二〇一一年	發表小說《回憶的餘燼》。在三度入圍布克獎決選名單後，終於憑本書榮獲當年曼布克獎、入圍柯斯塔圖書獎。本書更讓拔恩斯獲得「無與倫比的心靈魔術師」美譽。二〇一七年改編為同名電影。
	獲頒大衛・柯恩文學終身成就獎。
二〇一二年	獲頒歐盟文學獎。
二〇一三年	發表《生命的測量》。
二〇一六年	發表小說《*The Noise of Time*》。
二〇一八年	發表小說《*The Only Story*》。

litterateur 03

生命的測量

（曼布克獎得主．《回憶的餘燼》作者拔恩斯傷懷之書）

•原著書名：*Levels of Life*•作者：朱利安．拔恩斯（Julian Barnes）•翻譯：顏湘如•美術設計：聶永真•責任編輯：徐凡•國際版權：吳玲緯、蔡傳宜•行銷：艾青荷、蘇莞婷、黃家瑜•業務：李再星、陳美燕、杻幸君•副總編輯：巫維珍•編輯總監：劉麗真•總經理：陳逸瑛•發行人：凃玉雲•出版社：麥田出版／城邦文化事業股份有限公司／104台北市中山區民生東路二段141號5樓／電話：(02) 25007696／傳真：(02) 25001966、發行：英屬蓋曼群島商家庭傳媒股份有限公司城邦分公司／台北市中山區民生東路二段141號11樓／書虫客戶服務專線：(02) 25007718；25007719／24小時傳真服務：(02) 25001990；25001991／讀者服務信箱：service@readingclub.com.tw／劃撥帳號：19863813／戶名：書虫股份有限公司•香港發行所：城邦（香港）出版集團有限公司／香港灣仔駱克道東超商業中心1樓／電話：(852) 25086231／傳真：(852) 25789337／E-mail：hkcite@biznetvigator.com•馬新發行所／城邦（馬新）出版集團【Cite(M) Sdn. Bhd. (458372U)】／41, Jalan Radin Anum, Bandar Baru Sri Petaling, 57000 Kuala Lumpur, Malaysia.／電話：+603-9057-8822／傳真：+603-9057-6622／E-mail：cite@cite.com.my•印刷：前進彩藝有限公司•2018年（民107）3月初版•定價280元

國家圖書館出版品預行編目資料

生命的測量（曼布克獎得主．《回憶的餘燼》作者拔恩斯傷懷之書）／朱利安．拔恩斯（Julian Barnes）著；顏湘如譯. -- 初版. -- 臺北市：麥田出版：家庭傳媒城邦分公司發行, 民107.03
面；　公分. --（litterateur；RE7003）
譯自：Levels of Life
ISBN 978-986-344-542-5（平裝）
873.57　　106018270

城邦讀書花園
www.cite.com.tw